山东红色故事荟

《山东红色故事荟》编写组 编著

山东友谊出版社·济南

图书在版编目（CIP）数据

山东红色故事荟 /《山东红色故事荟》编写组编著. 济南：山东友谊出版社, 2024.11. -- ISBN 978-7-5516-3003-0

Ⅰ. I247.81

中国国家版本馆CIP数据核字第2024C5S900号

山东红色故事荟
SHANDONG HONGSE GUSHI HUI

责任编辑：李　丹　于淑霞
装帧设计：刘一凡

主管单位：山东出版传媒股份有限公司
出版发行：山东友谊出版社
　　　　　地址：济南市英雄山路189号　邮政编码：250002
　　　　　电话：出版管理部（0531）82098756
　　　　　　　　发行综合部（0531）82705187
　　　　　网址：www.sdyouyi.com.cn
印　　刷：山东新华印务有限公司

开本：787 mm×1092 mm　1/16
印张：9.5　　　　　　　　字数：130 千字
版次：2024 年 11 月第 1 版　印次：2024 年 11 月第 1 次印刷
定价：58.00 元

序　言

　　红色是信仰的颜色，是奋斗的颜色，是胜利的色彩，是中国共产党和中华人民共和国最鲜亮的底色。一百多年来，中国共产党领导全国人民创造了新民主主义革命的伟大成就、社会主义革命和建设的伟大成就、改革开放和社会主义现代化建设的伟大成就、新时代中国特色社会主义的伟大成就，书写了中华民族几千年历史上最恢宏的史诗，涌现出一大批为党和人民事业作出贡献的英雄模范，留下了无数可歌可泣的动人故事，形成了跨越时空历久弥新的精神谱系。这些红色资源是我们党艰辛而辉煌奋斗历程的见证，蕴含着我们"从哪里来"的基因密码，确立了我们"向哪里去"的正确方向，是最宝贵的精神财富。

　　党的十八大以来，以习近平同志为核心的党中央高度重视用好红色资源、赓续红色血脉。习近平总书记强调，要讲好党的故事、革命的故事、根据地的故事、英雄和烈士的故事，加强革命传统教育、爱国主义教育、青少年思想道德教育，把红色基因传承好，确保红色江山永不变色。2013年11月25日，习近平总书记在山东临沂考察时指出："沂蒙精神与延安精神、井冈山精神、西柏坡精神一样，是党和国家的宝贵精神财富，要不断结合新的时代条件发扬光大。"2024年5月，习近平总书记视察山东时强调，要保护和运用好红色资源，大力弘扬沂蒙精神，推动红色基因代代相传。习近平总书记的重要论述，为推进红色基因传承工作指明了方向，提供了根本遵循。

山东是甲午国殇警醒地、早期党组织活动地、沂蒙精神发源地、北上南下出发地、基本以省域为范围的抗日根据地，也是书写改革开放、脱贫攻坚等"中国奇迹"的重要实践地。这里红色资源富集，革命传统优良。为把红色资源挖掘好、红色故事传播好、红色根脉守护好，着力凝聚新时代社会主义现代化强省建设的磅礴力量，从2019年起，山东省委宣传部、山东省委网信办、山东省委党史研究院、大众报业集团、山东省教育厅、山东省文化和旅游厅、山东省国资委、山东广播电视台等部门和单位联合启动"红动齐鲁"山东省红色故事讲解大赛，通过全面、系统、深入挖掘整理山东各地、各行业、各领域的红色故事和素材，让齐鲁大地的红色资源"动"起来、"活"起来。截至目前，共有上万名讲解员、4100多个红色故事参赛，覆盖面和影响力不断扩大，已成为独具特色的宣教品牌和山东推进红色基因传承工程的重要载体平台。

《山东红色故事荟》为第四届、第五届"红动齐鲁"山东省红色故事讲解大赛成果汇总。本书通过讲故事的方式让革命历史生动再现、更加鲜活，为广大读者特别是青少年朋友提供一本深化理想信念教育、爱国主义教育、集体主义教育、社会主义教育和全民国防教育的通俗读本，激励他们争做红色基因的传承者、红色文化的弘扬者、红色根脉的守护者。

目 录

新民主主义革命时期

青岛早期工运领袖伦克忠 / 3

追思——那永不坠落的星火 / 5

我是一颗纽扣 / 8

于荒岛之中播种希望 / 10

直插敌人心脏的"尖刀" / 12

村里来了一群奇怪的"兵" / 14

孤胆英雄孔祥坦 / 16

"铜钱"中映射的鱼水深情 / 19

火种 / 21

我是一颗子弹 / 23

老兵不老　军魂永驻 / 25

王排长骂阵斗敌顽 / 27

誓死坚守革命气节 / 30

青山埋忠骨　世代守墓情 / 32

刘氏婴儿 / 34

抗日英雄李青云 / 37

贝草夼的地下工作者 / 39

第一碗饺子祭英烈——朱村年俗 / 41

一生为民 / 43

党群同心创奇迹　三天建成军用大桥 / 46

父子三杆枪 / 49

失忆也忘不了唱红色歌曲 / 51

16名伤病员的"亲娘" / 53

将军泪 / 55

硝烟里的红色电波 / 57

社会主义革命和建设时期

孤胆英雄程九龄 / 61

一位老兵的峥嵘岁月 / 63

活着的"烈士" / 65

隐功埋名的老班长——吴书印 / 68

一位老人的红色情怀 / 70

峥嵘岁月藏战功　忠诚一生守初心 / 72

一件带血的毛衣背后的感动 / 74

目录

改革开放和社会主义现代化建设新时期

河东乡间的"袁隆平" / 79

一句生死盟约　一生真情守护 / 81

吴守林的操心事 / 83

永不忘却的战友 / 85

绽放在科研一线的铿锵玫瑰 / 87

一句承诺延续17年送学路 / 89

矢志空天铸重器 / 91

青山埋忠骨　山河念英魂 / 93

"非洲先生"刘贵今 / 95

中国特色社会主义新时代

"板报爷爷"的初心和情怀 / 99

46把钥匙的故事 / 101

忠烈风行远　红飘带传长 / 104

小镇里走出的"大国工匠" / 106

大河之洲的生态守护者 / 109

青春之花绽放在帕米尔高原上 / 111

凡人微光　星火成炬 / 113

我回家乡当书记 / 115

钢铁的"追光者" / 117

烈火英雄徐鹏龙 / 119

大漠里的"虾司令" / 121

稳粮安天下　青春好担当 / 123

走上"代表通道"的纺织女工王晓菲 / 125

余生与你一起许国 / 127

"英雄之花"盛开在人民心中 / 130

英雄郑福浩 / 132

附件一　"红动齐鲁·强国复兴有我"山东省第四届红色故事
　　　　讲解大赛评比结果名单 / 134

附件二　"红动齐鲁·团结奋斗新征程"山东省第五届红色故事
　　　　讲解大赛评比结果名单 / 137

后　记 / 140

新民主主义革命时期

青岛早期工运领袖伦克忠

青岛市职工国际交流服务中心　郭剑松

漫步于风景秀丽的青岛山，偶然间一座纪念碑映入眼帘。这便是青岛早期工人运动的领袖伦克忠烈士纪念碑。细细品读，纪念碑上面205个字的简短铭文，每个字都让人感到沉重，不知不觉中将你带入那个烽火连天、命运多舛的革命岁月。

这座纪念碑曾深埋地下60年，是伦克忠当年的工友们为了保护它不被日本侵略者破坏而做出的无奈之举。

年幼失学的伦克忠，凭着一股爱党的豪情，领导广大工友进行罢工、游行，誓要用锤头和镰刀砸碎旧社会的枷锁，割断贫困和苦难的梦魇。四方机厂的1800余名工友因他吃饱了饭，穿暖了衣，挺直了腰杆。

伦克忠不仅在青岛点燃了革命的火种，他的影响力还迅速扩散到山东乃至全国。四方机厂工会、胶济铁路总工会等工人阶级的坚固阵地如雨后春笋般涌现。在青岛，他终日奔波在工厂、学校和郊区，为党和工人运动进行宣传和募捐；在北京，他走上街头激昂演讲，痛述"张宗昌祸鲁十大罪状"；在天津，《益世报》原文转载他的演讲稿，引起各界强烈反响。他带动华北数万名工友凝聚在一起，掀起了一次又一次的工人运动高潮。

1925年春，伦克忠光荣地加入了中国共产主义青年团，随后郑重提交了入党申请。同年，他在北京发起的声援活动，引起了山东军阀张宗昌的恐慌和仇恨，遂派遣特务将伦克忠抓捕。"谁指使你去北京，煽动那里的民众？""纱厂受难的弟兄们。""这对你有什么好处？""我要的好处是广大人民能同情和支援那些被你们杀害的爱国同胞！"一个个威武不屈、正气逼人、掷地有声的回答让敌人们胆寒。

伦克忠，青岛工人运动的奠基人、青岛首个工会组织的领导者，惨遭军阀杀害。他的生命被永远定格在了31岁。临刑前，伦克忠高喊"打倒日本帝国主义！""打倒军阀！""劳工万岁！"

伦克忠的牺牲在当地引发了广泛的哀悼。追悼会那天，2000余名工友自发前往送行，四方机厂内各重要路口遍悬横布标语、遍布各界挽联花圈。沉痛的悼词、悲怆的哭泣声是对黑暗的控诉，更是对黎明的渴望。

1926年，伦克忠被追认为中国共产党党员。1997年，他的纪念碑在青岛四方机车车辆厂扩建小车库挖地基时重见天日，他的光辉事迹也广为流传。2001年，伦克忠烈士纪念碑被安置在青岛山，他终于能够立在山巅，安静地看着他当年想用锤头和镰刀勾勒出的美丽画卷。他看到了新时代青岛的发展与创新，看到了工人阶级的勤劳与智慧。这座他钟爱的城市，终于变成了他所希望的样子。

追思——那永不坠落的星火

中共烟台市蓬莱区委党校　王爱智

1930年，蓬莱丛氏小学（后改名良弼小学）迎来了一位新的任课老师。他年轻、英俊，个头儿不高，但很敦实。他爱笑，笑起来让人觉得格外温暖。他说："同学们，今后我就要和你们生活在一起了。我是你们的老师，也是你们的大哥哥，我要教你们读书、认字，还要教你们怎样做人。我希望你们在学校里成为好学生，将来到社会上做事，能成为正直的好人。"

他教的是国文课，讲得很生动，孩子们都很愿意听。他把一篇名为《渔妇苦》的课文改编成剧本，让孩子们扮演渔妇，拿着一个破篮子、挂着一根棍子，在讲台上表演渔妇沿街乞讨的场景。

他问："渔妇为什么那样苦？"

学生回答："天旱水少，打不上鱼。"

"还有呢？"他又问。

"渔霸欺负她、剥削她。"孩子们争先恐后地回答。

"那咱们各自的家里穷不穷，有人欺负咱们、剥削咱们吗？"他继续问。

此时，教室里面却安静了。孩子们年纪虽小，却也都很爱面子，怕把家底儿暴露了被人看不起。大家都低下头，没有人回答。他教导学生："孩子们，被剥削不是我们的错，我们要挺直腰杆儿，去建立一个属于我们自己的新世界。"

从此，他白天讲国文，晚上就给孩子们讲述阶级斗争的故事，讲述穷人受苦受难的根源，讲述中国共产党的使命和目标。他用简单易懂的语言，向孩子们传递着革命的火种。他坚信，这点点星火在蓬莱这片土地上终将形成燎原之势。

他叫赵鸿功，是蓬莱第一位中国共产党党员。

1928年5月，赵鸿功被中共烟台支部发展为共产党员。1928年底，赵鸿功受烟台党组织委派回到蓬莱，以担任小学代课教师为掩护，秘密开展工作。他将进步书刊分送给教师和学生研读，宣传革命思想。此后，每逢学校放假，他经常出没于长工聚集的"伙计屋"，和长工们拉家常，了解他们的生活疾苦，向他们宣传革命思想。在他的不懈努力下，先后发展了李宗元和吕永田等五位共产党员，为蓬莱的革命事业播下了希望的种子。

1929年春，中共烟台特支蓬莱小组正式成立，这是蓬莱最早的共产党组织。赵鸿功带领着同志们，一面从事农民运动，一面宣传马克思主义。

为了扩大中国共产党的影响，1929年5月25日晚上，赵鸿功带领全体党员和部分农会会员，趁野王家村庙会之机，在这个村的墙壁、树干上贴上了许多"打倒土豪劣绅""铲除贪官污吏""拥护真正为穷人谋利益的中国共产党"等标语。此后，他们又将这样的标语多次贴到蓬莱城里的大街小巷。这轰动了蓬莱县，给劳苦大众以极大启迪。

1931年4月5日，赵鸿功与邓恩铭、刘谦初等22名共产党员干部惨遭国民党反动派杀害，史称"四五"烈士。赵鸿功将生命永远定格在了23岁。虽然他的革命生涯是短暂的，但他的精神却永远留在了这片土地上。他用自己的勇敢和炽热点燃了蓬莱的革命烽火，让这座千年古邑焕发出新的生机。

如今，90多年过去了，赵鸿功的名字已经化作夜空中那颗闪亮的星，指引着后来人继续前行。

我是一颗纽扣

山东博物馆 刘 蕾

我,一颗看似普通的纽扣,却承载着一段不平凡的历史。我的主人,吴苓生,时任中共山东临时省委书记,他的一生虽然短暂,却全部献给了党的事业。

1931年4月5日,那是一个血腥的日子。吴苓生与邓恩铭、刘谦初等22名共产党员,被国民党反动派残忍杀害,他们被后人尊称为"四五"烈士。他们中年龄最大的41岁,最小的刚满20岁,吴苓生32岁。

1928年,吴苓生被捕入狱,在奉天(今沈阳)监狱遭受了长达半年的酷刑折磨。被营救出狱后,满是伤痕的他在组织再三劝说下才同意回家养伤。仅与家人相处20多天后,吴苓生就又一次背上行囊,离开了家乡,毅然决然地投身革命事业。

吴苓生被派到了白色恐怖笼罩下的山东。那时,国民党反动派挥舞着屠刀,疯狂地屠杀共产党人和革命群众。山东党组织接连遭受重大破坏,一批批党员同志被捕、牺牲。然而,吴苓生并没有退缩,他和战友们积极奔走，努力恢复和建设山东党组织。在他们的努力下，工人、农民运动如燎原之火，在齐鲁大地上熊熊燃烧。

1930年，由于叛徒的出卖，吴苓生不幸再次被捕。面对酷刑与屠刀，他没有丝毫动摇，毅然选择了忠贞与献身。

1931年4月5日清晨，济南市纬八路侯家大院刑场上血流成河，尸首满地。吴苓生的血洒在我的身上，浸染了一片红色。第二天，吴苓生的父亲和妻子赶到济南，才知道他已经牺牲。悲痛欲绝的妻子搀扶着垂暮之年的老父亲在尸山血海中寻找。我看到吴苓生的父亲老泪纵横，他的妻子泣不成声。她从一具尸体手臂上找到一块斑记，辨认出了自己的丈夫，也辨认出了我——一颗她亲手缝制的纽扣。

回到家乡后，悲痛交加的妻子将沾满烈士鲜血的纽扣保存了下来，并交给了年幼的儿子，嘱咐他要牢记父亲的遗志。新中国成立后，我们被保存在一个密封的小木罐里，珍藏在书柜中。

90多年过去了，时间没有风干我的记忆，烈士的鲜血依旧在我身上流淌。吴苓生那张和蔼、坚毅、饱经风霜的脸和那炽热如炬的目光依然铭记在我的心中。

如今，我静静地躺在博物馆的展柜内，向来自五湖四海的观众诉说着那段历史。中华优秀儿女向死而生，革命先烈的精神将代代传承！

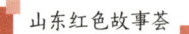

于荒岛之中播种希望

青岛市海洋法治教育基地　樊羽萌

　　1932年，青年学子张智忠和孙乐文先后从北平来到青岛。彼时的青岛虽已存在几家书店，店内图书却鲜有涉及新文化思想。这两名经过新文化思想熏陶的年轻人，决定在青岛开办一家书店，销售与新文化思想有关的书籍。1933年7月，在同学宁推之等人的资助下，荒岛书店在广西路新5号开业了。中共地下党员、崇德中学教师乔天华为书店题写了店名，取自"新文化思想荒岛"之意。

　　荒岛书店开业后，他俩便冒着风险购进了大量马克思主义著作。苏联文学和左翼作家的文学作品也被孙乐文从上海源源不断地购入。在当时的特殊社会环境下，荒岛书店因宣扬进步思想多次遭到反动政府的查封。后来他们接受教训，把当时的通俗书籍摆放在书架外面显眼的地方，把宣传新文化思想的书籍藏在里面，如此才得以正常经营。由于书店当时毗邻学校，所以业余时间到此购书交流的教师、学生不在少数，这对青岛地区新文化和革命思想的传播起到了重要作用，荒岛书店也逐渐成为思想进步的文艺青年聚集交流的地方。

荒岛书店的进步氛围,不仅吸引了诸多学者、学生,更吸引了很多进步作家前来。1934年,萧红、萧军来到青岛,他们在这里分别创作了《生死场》和《八月的乡村》。当时孙乐文提议让萧红和萧军将作品寄给鲁迅,通信地址写荒岛书店。萧军听取了他的建议,给鲁迅写了第一封信,很快荒岛书店便收到了回信。鲁迅在复信中回答了萧军的疑问:"不必问现在要什么,只要问自己能做什么。现在需要的是斗争的文字,如果作者是一个斗争者,那么,无论他写什么,写出来的东西一定是斗争的。"除萧红和萧军外,荒岛书店也为老舍、洪深、臧克家等作家的创作提供了诸多便利,留下了诸多佳话。老舍的小说《骆驼祥子》第十三至二十四章的书稿稿纸就是在荒岛书店专门定制的。

更重要的是,荒岛书店引起了中共地下党组织的注意。经过接触考察,孙乐文和张智忠先后被发展为中国共产党党员,荒岛书店也成为青岛地下党组织的秘密联络点和"左联"小组的重要活动场所。在这里,无数追求民族独立、人民解放的进步青年被播种下希望的种子,他们满怀革命理想,为社会的进步贡献着自己的力量。

然而,随着中共青岛地下党组织遭到破坏,荒岛书店也被迫关闭。但在这短短的四年里,它以马克思主义等先进思想为种子,在广大青年中播种希望。

如今,荒岛书店通过青岛"创旧"老青岛文化项目归来,静静地坐落在老舍故居一隅。它不仅记录着革命战争年代广大青年的忘我朝气,更提醒着今日的青年们传好追梦的接力棒,将青春奋斗融入党和人民事业之中,成为实现中华民族伟大复兴的先锋力量。

直插敌人心脏的"尖刀"
——许德臣烈士的故事

泰安市宁阳县退役军人事务局

许德臣,1907年出生于宁阳县东庄镇东庄村的一个普通农民家庭。

1938年1月,中共山东省委在泰安徂徕山直接领导和发动了抗日武装起义。为扩大抗日队伍,省委派人到东庄一带动员青壮年参加八路军抗日游击队。许德臣知道后不仅自己积极参加,还广泛发动亲朋好友,先后动员40多人加入了这支队伍。同年5月,许德臣光荣地加入了中国共产党。

1938年10月,按照党组织的安排,许德臣回到家乡,以开设饭店和旅馆为掩护,在华丰矿区建立党的地下联络站。他精明能干,很快在这一地区站稳了脚跟,为党的事业作出了重要贡献。

1941年春天,汉奸孔子君找到许德臣,想让他到矿上为日本人办事。许德臣认为这是一个打入敌人内部的好机会,尽管知道一旦披上"汉奸"皮,肯定要受到亲友邻里的唾骂,但为了抗日大局,他毅然忍辱负重。在请示组织同意后,许德臣便当上了日本人开办的土膏店和小煤窑的老板,并逐渐取得了敌人的信任。后来,他又通过日本人的关系当上了情报组组长。

在华丰煤矿的日子里，许德臣一边以"合法身份"秘密建立地下联络点，一边巧妙制造日伪摩擦，铲除铁杆汉奸。他的身份不仅迷惑了敌人，就连当地群众和一些不知内情的同志也认为他是铁杆汉奸，甚至有的同志要除掉他。为此，党组织对他采取了特殊保护。许德臣始终坚守自己的信仰和使命，为党的事业默默奉献。

1944年，抗战形势有了很大好转。为了打击敌人、扩大抗日根据地，泰南军分区发动了春季攻势，把华丰煤矿锁定为重点攻击目标之一。3月的一天，许德臣获悉华丰大兵营150多名日军要去蒙山"扫荡"，便火速将这一情报传给泰泗宁县委。县委决定发动一次袭击行动。4月1日夜间，泰泗宁县大队和地下党组织里应外合，袭击了华丰煤矿东号井日伪据点，打死日军4人，活捉1人，俘获全部护矿队伪军，并缴获大量武器弹药。

此外，许德臣还多次利用工作之便掩护矿工收藏炸药，并秘密运送给革命队伍，以解决部队炸药不足的困难。

1944年5月，许德臣因秘密领导全矿工人大罢工，引起日本特务的怀疑。他预感到自己将遭不测，就对妻子说："我很可能被鬼子抓去，你千万要保守秘密。要是我走了，你能在这里待下去就待，不能待就回娘家去，好好照料孩子。"说完，他便毅然决然地走出了家门。

在楼德火车站，日本宪兵逮捕了许德臣，用尽酷刑，但许德臣对党的秘密始终没有吐露半个字。

1945年2月，在距离抗战胜利仅有几个月的时候，许德臣被日本宪兵残忍地杀害了。

许德臣为了党和人民的事业、为了中华民族的解放献出了自己宝贵的生命。他的革命胆略和斗争精神，将永远激励后人为祖国的强大而努力奋斗！他是直插敌人心脏的一把"尖刀"，是抗日战争时期的一位大英雄！

村里来了一群奇怪的"兵"

中共烟台市牟平区委党校　张玉柱

故事发生在抗战时期的牟平区观水镇前垂柳村。这个村子位于牙山、垛山、马石山之间，距离烟台市和牟平城都是60千米。那个时期，村里经常有零星的"兵"路过，他们态度凶恶，对村民颐指气使，索要食物和财物，令群众惶恐不安。

1938年，春节刚过，前垂柳村又来了一群"兵"。但这支队伍对老人都叫"大爷""大娘"，对年轻人称呼"大哥""大嫂"。最令人惊讶的是，当天中午吃派饭，当各家陆续把饭送到祠堂院子里时，这群"兵"却规规矩矩地坐在屋里上课。负责筹饭的"兵"在院里逐户检查送的什么饭，并跟大家说："乡亲们，我们事前说过，只要家常便饭。凡是地瓜、饼子等便饭，我们收下；凡是细粮面饭，麻烦乡亲们回家换便饭给我们，因为我们按粗粮算钱。"

听到这番话，所有人都目瞪口呆，不知所措。谁不知道"兵大爷"难伺候，别说给钱了，有时一不小心，就会挨巴掌。这到底是真是假，连村长也糊涂了。他为难地说："这怎么办啊？正月大伙本就吃的细粮面饭，还要重做吗？"

这时，屋里走出一个戴眼镜的男子，他对送饭的乡亲们说："老乡们，我们不是压迫老百姓的'兵'，我们是共产党领导的老百姓的队伍，以后大伙叫我们'同志'，不要称呼'长官''老总'什么的，那是对旧军队的称呼。至于今天的饭，多谢乡亲们的好意，还是麻烦大家把细粮面饭带回去，换粗粮便饭给我们！"

然而，送面饭的人，没有一个回家调换的。相反，几个送粗饭的人家，一齐冲上去把自家的篮子抢了回去。不一会儿，他们也换来了面饭，而且还增加了荤菜。有的人跑回家，端来了酒和菜。

就这样，这群奇怪的"兵"要吃便饭，群众偏要送面饭；他们不吃，管饭的群众不退。最后军民达成一致，酒全部退回，下一顿改为便饭。

后来，村民才知道这支军队就是山东人民抗日救国军第三军，而那位戴眼镜的男子就是中共胶东特委负责人宋澄。

第三军在前垂柳村停留期间，积极帮助村里成立了农救会、青救会、妇救会、少先队、儿童团、识字班等，而第三军的同志们成了教师，抗战的歌声在村子里回荡。

一个深夜，第三军把账目结清，又把居住的屋子打扫干净之后，就悄悄地走了。

第三军离开牟平，但他们的光辉形象在人民中间扎了根。1938年和1939年，当地出现了青年男女参加八路军的高潮。他们为1941年第二次解放牙山，建立中心根据地打下了良好的群众基础。

孤胆英雄孔祥坦

邹城市田黄镇教办　张云雷

抗日战争时期，中华大地上涌现出了众多英勇的抗战英雄，如"太行浩气传千古"的左权、"钢铁战士"杨靖宇、"甘将热血沃中华"的赵一曼等。在邹城市田黄镇瓦曲村有一位威震敌胆的英雄，他的名字叫孔祥坦。

1940年1月，孔祥坦加入邹县县大队。当时的他又矮又瘦，战友们开玩笑地问他："你小子还没枪高呢，能当兵吗？"孔祥坦不服气地说："秤砣虽小压千斤。我都14岁了，还小吗？别看我个子不高，背支大枪不成问题！"战友们又问他："你为什么要当八路军？"孔祥坦说："人家都说八路军好，不打人，不骂人，对老百姓好，能打日本鬼子。"入伍后，领导发给他一支小马枪和一把刺刀，他如获至宝，爱不释手。训练之余，他也用来练习射击，舍不得休息。每当部队出发执行战斗任务时，他总是挥舞着刺刀高兴地喊："我一定要干掉几个鬼子和汉奸！"

在党的培养和同志们的关怀帮助下，孔祥坦迅速成长为一名英勇善战的革命战士。在保卫邹东抗日根据地和频繁的反"扫荡"斗争中，孔祥坦总是冲锋在前，冒着枪林弹雨英勇杀敌，被誉为邹县独立营二连的"小老虎"。

孔祥坦的英勇事迹数不胜数。在一次反"扫荡"追击退却敌人时，孔祥坦一个人活捉了60多个俘虏。当时，孔祥坦虽然以最快的速度跑在部队的最前面，但还是追不上敌人。他忽然想起前面的路有个大弯，敌人走弓背，自己走弓弦，有可能赶在敌人前面。于是，他踏荒取直线向前跑，果然把敌人甩在了身后。他隐蔽起来，等敌人临近时，突然跃起，站在路中间大喝一声："站住！缴枪不杀！"敌人蒙了！孔祥坦心里暗想，敌人如果发现只有我一个人，那就麻烦了。于是，他灵机一动，大喊一声："听口令！把枪放下，向后转。"敌人在愣神中照他的口令行动。不一会儿，大部队也赶到了。事后，俘虏说："谁也没有想到那里有埋伏，更没想到就他一个人！"

1942年，部队进攻盘踞南孙徐村的汉奸张显荣部受阻。孔祥坦率领3名战士摸进敌楼，迫使30余名敌人缴械投降，为部队扫清了道路，全歼敌人3个营，活捉敌首张显荣。同年秋，为防止国民党第九十二军借入鲁之际强占抗日根据地，尼山独立营奉命到桃花山阻击敌人。孔祥坦和战友们一起击退了敌人的十几次冲锋，胜利完成了阻击任务。鲁南军区传令嘉奖尼山独立营二连，并授予"桃花山反顽战斗英雄连"荣誉称号。

1944年5月，八路军一个连在云山营误入敌顽巩震寰部300余人的包围圈，孔祥坦提出趁敌后续部队未跟上之际，先集中兵力打下敌人在东山头的制高点，这样才能安全突围。领导同意之后，孔祥坦带领一个排迅速攻占东山头制高点，全歼守敌，俘获30人、30把枪，扭转被动局面，使部队安全突围。

由于孔祥坦打仗英勇，屡立战功，1944年6月他被授予"山东军区战斗英雄"荣誉称号。

在1941年至1942年反"蚕食"、反"扫荡"的艰苦岁月里，孔祥坦每天吃不到三两粮食，甚至一两天吃不上饭。即便如此，他依然保持着乐观的精神和昂扬的斗志。

1948年5月，华野七纵十九师向曲阜县城发起总攻。孔祥坦担任二次攻城突击队长。鹿砦被炸开后，他勇敢地拿起炸药包扑向城西门，爆破成功后率先带领突击队攻进城内。临近北门时，敌方机枪手疯狂地向我攻城部队射击，孔祥坦扔过去一枚手榴弹，跃身扑上前，夺过机枪，调转枪口向敌人猛射。这一仗，突击队歼敌150余人，缴获100多支长枪和两门小钢炮。战斗结束后，山东军区授予孔祥坦"甲等战斗英雄"称号。

1948年11月，淮海战役打响，孔祥坦时任华野三纵九师二十团三营营长，奉命在徐州南线阻击敌人。14日，他率领全营猛攻敌第一二七师第三八〇团二堡阵地，在向敌人发起冲锋时身负重伤，尽管被紧急送往医院抢救，但终因伤势过重，不幸牺牲。他牺牲后，被追授"华东军区二级人民英雄"荣誉称号。

据《淮海战役史料汇编（英烈卷）》记载，孔祥坦经历过大小战斗126次，其中他起着重要作用的有16次之多。他所捉的俘虏可编成1个营，他所缴获的武器可以装备4个连。

"铜钱"中映射的鱼水深情

中共兰陵县委党校　任传玲

在山东省临沂市兰陵县,流传着一个关于"铜钱"的感人故事,它见证了共产党人与人民群众之间深厚的鱼水情谊。

赵镈(1906—1941),陕西省榆林市府谷县人,抗战时期任中共鲁南区委书记、鲁南区委党校校长兼鲁南军区政委。

1940年初夏,赵镈带队检查工作,行军途中,他的军马受惊,跑到路边老百姓的瓜田里,踩坏了两个西瓜。赵镈从马褡子里摸出两枚铜钱,放到西瓜上作为赔偿。第二天,他又专门找到瓜田主人赔礼道歉。

1941年10月,在国民党顽固派制造的银厂惨案中,为保护党的秘密文件,赵镈不幸被捕,被敌人活埋于当地的九女山下。就义前,他面无惧色、慷慨陈词,"以敌人的刑台做讲台,争取最后五分钟为党工作。"赵镈的演讲感动了执刑士兵,士兵回来后连呼惋惜。演讲触动了刽子手,他认为自己闯下了滔天大祸。

赵镈的英勇事迹深深感动了当地群众,他们自发筹集了80斤铜钱,熔化后铸成赵镈的铜像，镶嵌在文峰山赵镈墓前。敌人知道后，数次前来破坏，炮轰赵镈墓，并撬走铜像当靶子射击，妄图毁掉烈士遗迹。1947年初，在鲁南战役中，人民解放军全歼了国民党第二十六师及1个快速纵队，赵镈烈士的铜像又被夺了回来。当地群众放鞭炮、吹喇叭，给赵镈烈士的铜像披上红绸，庄严地重新嵌在墓前。

中共兰陵县委在文峰山麓以赵镈烈士事迹为主线建成的党性教育基地，已成为广大党员干部寻找初心的精神家园。每年清明节，当地很多群众都会手捧鲜花，自发会聚在赵镈墓前，表达对烈士的敬意与缅怀。

生前，军马踩坏了西瓜，他掏出两枚铜钱赔偿瓜农；逝后，群众捐出80斤铜钱为他铸像。这看似不相称的两组数字，却构成了特殊的"等式"，凝聚了共产党人与人民群众深厚的鱼水情谊。

铜钱的故事，是鱼水深情的一个缩影。在中国共产党的领导下，沂蒙大地发生了沧桑巨变，而这巨变的根脉、源泉、力量，都蕴藏于沂蒙精神的鱼水深情里！

火 种

中共费县县委党性教育服务中心　王全德

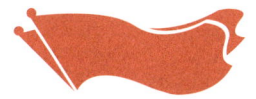

邱则民，一个从小热爱体育的青年，1935年考入国立北京大学体育系。卢沟桥事变爆发后，邱则民看到中国人在自己的国土上逃难，而所逃之处，却大都是外国人的势力范围，偌大中国竟放不下一张书桌。学习，究竟为了什么？

1937年，邱则民在北京加入抗战队伍，第二年他回到家乡寿光，带领起义民众参加八路军鲁东游击队第八支队。因为英勇沉着、机智果敢，他很快升任连长。

1940年，抗大一分校东迁至山东办学，邱则民得以进入抗大学习。在抗大，邱则民发现这里没有教室、没有礼堂，没有实验室、没有图书馆，甚至没有固定的教授、教员，却是真正的抗日救国前线。在这里，邱则民深刻认识到要担当起救民族于危难的重任，也学会了如何把自己变成一把利刃，抵御外敌，革新社会。

从抗大毕业后，邱则民留校任五大队二中队队长。五大队是抗大一分校唯一的军事大队，邱则民在这里带领队员刻苦训练，潜心练习使用枪炮和近身肉搏的本领。

  1941年11月30日，大青山突围战打响后，山东党政军机关和抗大一分校6000余人被敌人的5000多人包围，但这6000多人的队伍中，有战斗力的仅有600余人。从近10倍于己的敌人包围圈内突围，是几乎不可能完成的任务。抗大一分校校长周纯全命令邱则民率领一个区队的十几名战士，在大山顶建立起阻击阵地。大山顶是整个战场的最高点，易于攻打敌人，但是也容易被敌人发现。邱则民他们用整个五大队内唯一的捷克式机关枪和几支膛线都已经磨平的步枪，阻击着数倍于己的敌军。一个人倒下了，两个人倒下了……最终，邱则民孤身一人坚守阵地，直至牺牲，年仅26岁。

  那个烈士名录墙上，共有167个抗大学员的名字。他们从投身革命那天起，就不怕流血牺牲。他们坚信，用自己的生命可以为中国留下火种，燃烧旧世界，换来中国新的未来！

  如今，他们留下的精神火种激励着我们在新时代创造出新的辉煌！

我是一颗子弹

夏津县革命烈士纪念馆　张子龙

我，是一颗子弹，见证了1942年寒冬那场惊心动魄的血战。

那时，日寇对抗日根据地进行了疯狂的"扫荡"，企图彻底消灭共产党的主力部队和领导机关，摧毁抗日根据地。

还有两天就是小年了。逃难的群众拖儿带女，蜂拥至临邑县王楼村附近。

面对5000多敌人的四面包围，时任临邑县抗日民主政府县长的徐尚武，决定死守阵地，掩护机关干部突出重围。

敌人步步逼近，眼看距王楼村不到百米。

徐尚武带领战士们，坚守在村西北的一座土丘上，力图封锁从东北方向进攻的敌人。

狂妄的鬼子气势汹汹地向王楼村逼近。

我军埋伏在阵地上，很快被漫天飞雪覆盖。在雪被的伪装下，战士们紧盯着步步逼近的敌人。

40米，30米，20米……

司令员一声令下:"打!"

密集的枪声中,几十个伪军和鬼子还没看清楚道路,就被撂倒了。敌人一时措手不及,赶紧退了下去,但很快又疯狂地扑了上来。

敌众我寡,我军战士也开始出现伤亡,若再耗下去,机关干部将难以脱险。徐尚武命令黄河支队保护分区机关和群众从村南突围,他则带领队伍拖住敌人。

此时,敌我双方已经近在咫尺。雪越下越大,烟雾似的弥漫了天空。

我,一颗子弹被战士快速推进枪膛,射入敌人的胸膛⋯⋯

落满积雪的土地上,到处是血染的泥浆、战友的遗体、敌人的尸体。

在刺眼的火光中,敌人随着炮声变成邪恶的魔鬼。在嘹亮的冲锋号里,徐尚武举着枪,向战士们高喊:"同志们,冲啊!冲出去就是胜利!"

山东自古出好汉!

前方传来消息,机关首长已成功突围。

徐尚武想马上从突围的缺口打出去,但敌人从四面八方包抄过来,早已把缺口堵得死死的。

支部书记、19岁的政治干部曾文钦双脚被打断,鲜血染红了脚下的土地,但他跪在雪地上,抱着机枪继续射击。

还有一名机枪手(至今无法知晓他的姓名),左臂被炮弹炸断了,他用右手抱起机枪继续扫射⋯⋯

身负重伤的徐尚武被一位老大娘藏在地窖里。丧心病狂的鬼子把毒气灌向地窖,徐尚武就这样被活活毒死了。

血战王楼,这是一场不能忘却的战斗!

72名勇士,光荣地完成了中国共产党交给的任务,壮烈牺牲⋯⋯

老兵不老　军魂永驻

东营市垦利区文化和旅游局　刘海涛

孙合全曾是抗战时期的一名老兵。他总说:"虽然我当兵时间不长,但当兵是我这辈子最自豪的事情。"

1942年,15岁的孙合全目睹了日本侵略者对我国老百姓的烧杀抢掠,铁了心要当兵打鬼子。当年腊月初八那天,孙合全被八路军侦察排选中,安排在村头搜集日本人的情报。后来,因胆气十足、机智勇敢,孙合全如愿参军,每次战斗孙合全总是冲在最前头。子弹从耳边飕飕地飞过去,他眼都不眨一下。他说自己从来没怕过,怕就不会选择当兵打鬼子。

他参加的战斗中,最激烈的是发生在惠民地区现河村的那一次战斗。当时,他和战友们帮老百姓割完麦子准备回去,不料遇到了前来"扫荡"的日本鬼子。为躲避鬼子,也为了更好地保护乡亲们,他们决定分头行动,孙合全跟首长一组。没想到首长被敌人的机枪打中,为了不拖累孙合全,首长毅然决定开枪自尽。眼见首长拿起手枪,孙合全一把夺过首长的枪,然后把首长藏在旁边的水渠里,并盖上茅草作掩护。为了引开敌人,孙合全朝着另一个方向奔跑。杀红眼的小鬼子，奋力追赶孙合全。孙合全左手被鬼子射中，右腿也被炸伤，血将他的衣服浸透，也染红了身边的土地。眼见着倒地的孙合全，三个端着刺刀的日本鬼子慢慢围了上来。看着明晃晃的刺刀越来越近，孙合全没有害怕。他举起右手的枪，沉着地瞄准中间那个带头的鬼子，砰的一声枪响，鬼子应声倒下。旁边两个鬼子刚要举枪，孙合全抢先一步开枪，又打死了一个。还没等再开第三枪，第三个鬼子吓得掉头就跑了。

鬼子被孙合全打跑了，但他却因为失血过多，无法动弹。时间一点一点过去，血越淌越多，他觉得自己这次真的要把命搭上了。幸运的是，他最终等到了寻找他的战友，捡回了一条命。

抗日战争结束后，因伤退伍的孙合全回到了家乡。他先后组织了数批村民参加支前，并随大部队参加了解放定陶、汶上等县城的战斗。新中国成立后，孙合全便安心留在了家乡——胜坨镇东王村。他的心中始终有一个信念：我是一个兵，生命与祖国相连，奉献永不停止。

2015年，作为抗战支前模范，孙合全受邀前往北京参加中国人民抗日战争暨世界反法西斯战争胜利70周年阅兵仪式。消息传来的那一刻，孙合全眼睛湿润了。"从来都没去过北京，这是第一次去，还是去参加阅兵，这辈子都没想到啊！"那一天，即将前往现场的孙合全穿上了自己最板正的衣服，佩戴上抗战胜利70周年纪念章，立正站好，敬了一个标准的军礼。这个久违却熟悉的动作是一个老兵献给祖国最厚重的礼物。

孙合全的军旅生涯虽然不长，但那份军魂早已深深镌刻在他的心上。光阴流转，他的故事依旧在激励着我们。老兵不老，因为他们从未忘记军人的职责和使命：保家卫国，捍卫和平！

王排长骂阵斗敌顽

鱼台县党史研究中心 杨凤兰

1942年，日军对鱼台进行了疯狂的"扫荡"，筑据点、修碉堡、挖封锁沟。在严峻的形势面前，县大队、区中队在党的领导下，与日伪军进行机智灵活的斗争。王排长的一次骂阵斗敌的故事，在湖西地区（苏鲁豫边区）广为流传。

7月，骄阳似火，王鲁区陈堂北面碉堡工地上，两个日本鬼子和几个汉奸看押着民工修筑碉堡。敌人吆喝着、骂骂咧咧地监视着运砖石和挖土的民工们，直到天黑才收工。收工后，区委就派区中队去拆。一连几天，敌人白天垒，我军晚上拆，气得鬼子暴跳如雷，哇哇乱叫。为了防止我军破坏，他们加强了兵力，晚上派人看守。碉堡修起来后，敌人在周围挖了很深的壕沟，沟底又挖了土井，对着陈堂架起吊桥。碉堡住进了一队汉奸，他们搅得周围村庄的群众不得安宁。

区中队的王振保排长看在眼里，气在心中。他琢磨着："你汉奸队给日本鬼子当走狗，我非治治你不可。"

王振保，30岁，身高膀宽，四方脸，浓眉大眼，威风凛凛中透着一股犟劲。他是中共党员，曾在湖西军事干部班受训3个月。在军事干校学员中，王振保是有名的神枪手。

从汉奸队住进碉堡的第一天晚上开始，他就在碉堡周围徘徊、观察、想计策。在掌握了各方面情况后，王排长决定骂阵斗敌。一天晚饭后，王排长提着水壶开始骂阵了："碉堡里的乌龟汉奸，你们听着，你们还是不是中国人？你们给日本鬼子当走狗、认贼作父，禽兽不如……"骂声在广袤的田野上回荡。被骂得狗血喷头的伪军胡乱地放了几枪，又缩回到"乌龟壳"内。子弹落在王排长身边的草地上，他更加愤慨，又是一阵大骂："狗汉奸，你们不要罪上加罪，拍拍自己的良心，你们这么干，对得起父老乡亲吗？"自此王排长每天都到那里骂一阵。任凭王排长怎么骂，炮楼里不再打枪了。

骂虽能解一时之恨，却不能解决根本问题，区委书记孙夏明和王排长决定改变对策：转"骂"为"攻"，多讲国际形势、党的政策，讲日本侵略者烧杀奸淫的罪恶，讲中国人民必胜、日本帝国主义必败的道理，策反伪军。于是，王排长天天给汉奸"上课"，常至深夜。半个月后，碉堡里的一个汉奸说话了："喂，外面的八路兄弟听着，我在碉堡射击孔里竖块砖，你能打倒，我就服你。"说罢，他真的把砖竖起来了。王排长说："好吧，你们看仔细点。"王排长接过战士的长枪，砰的一声，砖倒下了。王排长为让敌人心服口服，又说："这枪不算，你再竖起块砖，我再试试。"敌人又竖起一块砖来，王排长又一枪，砖应声而倒。王排长又说："这次还算碰巧了，再来一次，看我的枪法是不是百发百中！"竖起的第三块砖随着枪声开了花。碉堡里没了声音。王排长说了声"明天再会"，就带着战士们回去了。

次日晚上，王排长早早地又来到碉堡外面，喊道："汉奸们，今天要试什么？"碉堡里传出声音："我们宋队长说了，要试试你的胆量。"

王排长："怎么个试法？"

一伪军："你敢不敢到我们楼子上来？"

王排长："你们那里又不是龙潭虎穴，有什么不敢的？！定个时间吧。"

一伪军："让你今晚就来。不过，只许你一个人，不准带人。"

王排长："你们放下吊桥，我马上就到。"

王排长把匣子枪往腰里一插，快步向碉堡走去。伪军宋队长站在碉堡外边迎候王排长，"八路军兄弟真够得上孤胆英雄，我宋某深感佩服。"王排长上了碉堡，宋队长让座，献上茶说："这些天来，听了你的讲话，弟兄们都说你讲得对、讲得好。我们也是中国人，请王排长放心，以后有什么事打个招呼，八路军叫我们办啥事，一定照办。如果情况紧张，让八路军的同志来几个人躲避一时，这些忙都能帮，就算县大队住到碉堡旁边的陈楼、张庄，也保证不向鬼子报告。如果听到鬼子有什么'扫荡'的消息，你确定个地方，我保证把消息送过去。"王排长晓以民族大义，向伪军讲了全国的抗日形势："日本帝国主义发动的侵略战争是注定要失败的。日本鬼子是秋后的蚂蚱，蹦跶不了几天了。你们要认清形势，改邪归正，多做一些有益于人民的事。如果你们继续祸害老百姓，我们绝不客气。"宋队长连连点头。

从此以后，这个碉堡的伪军果然没有再祸害老百姓，并在敌人"扫荡"中多次为我军提供重要情报。我党的地下工作人员也曾多次躲进碉堡，逃过敌人的追捕。

誓死坚守革命气节

——记山东军区泰山军分区政委汪洋

济南革命烈士陵园（济南战役纪念馆） 刘玉恒

"英雄碧血凝史册，山东万代颂汪洋。"这是毛泽东主席在济南视察时对汪洋烈士的深情赞誉。

汪洋，1913年出生在山东省东阿县的一个农民家庭，学生时代他接受了革命思想的熏陶，成为当时济南学生运动的积极分子。九一八事变后，他曾满怀愤恨地写下了诗句"以鲜血浇列强之恶绝，以骨髓填世界之不平"，表达对日本侵略中国的强烈愤慨。

1936年，23岁的汪洋加入中国共产党。七七事变后，他被派往鲁中地区创建抗日武装，开辟抗日革命根据地。

1942年10月，为了进一步扩大抗日根据地，廖容标司令员率领部队挺进鲁东南淄河流域。时任政治委员的汪洋，在博山集中培训县区领导干部。

由于叛徒告密，日军从莱芜、淄博、胶济路等地调集了6000多名日军，包围了汪洋所在的泰山地区党政军机关。在这紧要关头，汪洋率领战士们与日军激战，一边佯装进攻，一边指挥部队转战吉山南岭。在敌众我寡、极端危急的形势下，汪洋带领部队迅速杀至南岭山腰，想要抢夺山顶制高点。不料日军早已埋伏在山顶，对我军进行了疯狂的阻击。

当汪洋率领部分人马冲杀到吉山主峰脚下时，已夜幕降临，乌云盖顶。汪洋环顾身边，近300人的队伍，只剩下数十名受伤的战士。此时，山前传来密集的枪声，日军开始围攻过来。面对十倍多的敌人，汪洋大喊一声："同志们！为国捐躯的时候到了，随我冲上去！"说完，他便第一个端起刺刀向敌人冲去，战士们也紧随其后。这时山风大作，大雨倾盆，喊杀声骤起。

战士们的子弹打光了就用刺刀，刺刀卷刃了就用牙咬，战至生命的最后一刻。

汪洋的生命永远定格在了29岁。

在这场惨烈的战斗中，近300名指战员壮烈牺牲。生死关头，战士们没有躲入村中，而是直接把日、伪军引上了山头，与他们血战到底，用自己的生命换来了百姓的安全。

战斗结束后，人们在汪洋的上衣口袋里发现了他为其他烈士撰写的一副挽联："凡七尺男儿生当为国，做千秋鬼雄死亦光荣。"他亦用自己的生命践行了这句铮铮誓言。

如今，汪洋烈士长眠于济南革命烈士陵园。烈士们为祖国抛头颅洒热血的事迹被传颂。让我们铭记历史、缅怀先烈，将革命精神薪火相传。

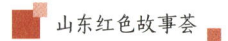

青山埋忠骨　世代守墓情

新泰市委宣传部

这是一个关于守护的故事，守护者的名字叫徐勤学，但他守护的既不是亲情，也不是平安，而是一句承诺……

1942年农历四月初二凌晨3点，八路军泰山军分区派出一个排，给驻龙廷、土门一带新成立的第三军分区司令部护送电台和机要人员。他们一行42人，经过一夜的雨淋，个个十分困顿。在中途稍作休息后，他们继续向龙廷方向进发。当队伍行至龙廷镇龙溪庄时，突然与日寇遭遇，中了日、伪军的埋伏。原来，敌人在此埋伏是想伏击八路军第三军分区驻龙溪庄的主力部队，但因部队及军分区机关提前转移，敌人扑了空，恰巧遇到这支运送电台和机要人员的队伍。经过异常惨烈的战斗，41名战士壮烈牺牲，仅有译电员吕允钧幸免于难，战士们的鲜血染红了龙溪河。

后来，人们把龙溪庄遭遇战牺牲的战士们掩埋在了附近几个村，其中龙溪庄村就有二十几座烈士墓。当年战斗中唯一幸存的战士吕允钧，被徐勤学的叔叔徐志金救起。后来，受吕允钧委托，徐志金便当起了守墓人。

徐勤学小时候，每到逢年过节，叔叔徐志金就带他拿着几刀纸和一壶酒，来到这片坟茔前祭扫。后来，叔叔去世了，村里老书记就嘱咐徐勤学帮助照看"烈士林"。他想都没想就答应了。他说："俺是一名党员，书记说村里需要俺守墓，俺不讲条件，坚决执行。"为了这一句承诺，他一守就是30多年。

在决定为烈士守墓后，徐勤学紧挨着"烈士林"盖了两间小屋，他一住就是半辈子。

每年清明节、建军节等节日，他都会带着纸钱和酒去祭奠这些烈士。平时只要有空，他就会扛着铁锹、拿着镰刀去整理坟茔，累了就坐下来对着烈士碑说说话。他常说："这些战士牺牲时才十八九岁，都是些娃娃哩！'躺'在这里也怪闷的，俺和他们拉拉呱，告诉他们咱都没忘了他们。"

每逢清明，附近一些学校的学生都会来"烈士林"祭扫，徐勤学就当起义务讲解员，孩子们讲述当年的那段革命历史。他说："得让后人记住，才对得起死去的战士们。"

2020年3月，徐勤学因病去世，去世前他嘱咐妻子王庆娥一定要继续为烈士守好墓。如今，王庆娥成了新的守墓人，并担任起义务讲解员，她说："以后我们家会世世代代守护下去，决不会让无名烈士的陵墓荒芜！"

革命的火种要代代传承，过去的历史不能被遗忘。我们抚今追昔、感恩当下，为的是奋力谱写强国建设、民族复兴伟业的新篇章！

刘氏婴儿

滨州市沾化区下洼镇第二实验学校　李金燕

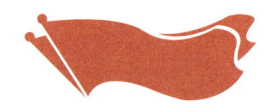

在滨州市惠民县渤海革命老区机关旧址，矗立着一座回廊型的英烈纪念碑。其中，"刘氏婴儿"这个名字格外引人注目，它背后的故事更是让人久久无法平静。

那是1943年的夏天，山东省惠民县何坊公社的堡垒户刘玉梅的儿子被日寇杀害，万幸留下一个遗腹子。这天，儿媳妇刚刚生产，母子平安。刘家终于有后了。刘大娘又满足又欣慰。正思量着，忽然听到轻轻的敲门声。开门一看，门外站着一对身着八路军军装的男女，女人怀里抱着一个婴儿。

刘大娘机警地瞅了瞅四下，赶紧把这对男女迎了进来。八路军女战士小声啜泣地说："大娘，我们部队转移，我刚生了孩子，不忍心让这孩子跟着我们一起奔波。打听到您家也刚生了孩子，您能不能收留他？"

面对八路军战士的请求，刘大娘没犹豫就答应了。

大娘问："你们啥时候回来？"

八路军战士无奈地说："抗战胜利，我们就回来，万一我俩没回来，大娘就当自家孩子养，能活就行。"说完，夫妻俩匆匆离开。

刘大娘看着襁褓里的婴儿，叹了口气，把他跟自家的孙子放在一起。儿媳妇也是深明大义："娘，您放心，以后我一定把这个孩子视如己出，他就是咱家里的老大。"

刘大娘心里酸痛："嗯，有你，娘放心，可这外面小鬼子的眼线多，咱们对外就说生了双胞胎！"

然而，汉奸告密，鬼子得知刘家收留了八路军的孩子。在刘家婴儿出生的第三天，鬼子就率军到达何坊乡，将所有村民赶到村头。

刘大娘和儿媳妇各抱着一个婴儿，被凶狠的小鬼子从人群中推了出来。

刘大娘说："你们搞错了吧，我儿媳妇生了双胞胎，这是我亲手接生的。"

鬼子们不信，威逼道："要么主动交出小八路，要么两个孩子都被杀！"

刘大娘看着身旁痛哭流涕的儿媳妇，狠了狠心，劝她说："孩儿她娘，就把老二交出去吧，这孩子他跟咱没缘！"

儿媳妇泣不成声，刘大娘的心在滴血。她狠心抱过那个排行老二的婴儿，哆嗦着递给了小鬼子。

鬼子们狞笑着，用刺刀将小小的襁褓刺得血肉模糊……

事后，刘大娘和儿媳妇死守着秘密，背负着贪生怕死的叛徒骂名，从不辩驳一句。

直到1945年秋，日本投降的消息传来，已经许久不见笑容的刘大娘又哭又笑，与儿媳妇抱头痛哭。

第二天，刘大娘走进了村里党支部负责人的家里，说出了那个压了两年多的秘密。原来，当年被日寇杀死的孩子，并不是八路军的孩子，而是

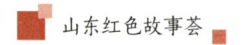

刘大娘才出生三天的孙子。

得知真相，党组织负责人泪流满面。往日里施尽白眼的乡亲们听闻消息后，纷纷赶到刘大娘家中致歉。

新中国成立后，小小的他，出生仅三天，还没来得及拥有自己的名字，就以"刘氏婴儿"的名称刻在了英烈碑上。

刘大娘一家，为了保护人民子弟兵的孩子，不惜牺牲自己唯一的骨肉。这样的爱，沉重而伟大！

抗日英雄李青云

夏津县革命烈士纪念馆　李　冉

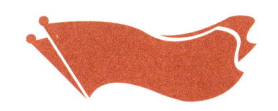

"娘啊，自古忠孝不能两全，等打跑了日本鬼子，俺一定回来好好孝敬您！"1943年的一个秋日夜晚，在临邑县林子镇河沟埃村的一座低矮土坯房里，李青云跪倒在地，给母亲磕了三个头，起身擦了擦眼泪，头也不回地奔向了战场。

1943年，日、伪军倾巢出动，"三天一清乡、五天一扫荡"，企图将地下党员赶尽杀绝。11月中旬，时任陵县二区区长的李青云与两名同志一起去抗日政府驻地郑家寨村接受任务，途中遭到日、伪军的埋伏。为掩护两名同志撤离，李青云不幸受伤被捕。

在狱中，李青云始终没有透露半句党的机密。审讯中，敌人对他诱降："只要你说出地下党的名单，就让你当维持会副会长，每月还给你50块大洋，怎么样？"李青云不为所动。

失去耐心的敌人逐渐露出了狰狞的嘴脸，使出了各种毒辣的手段，上老虎凳，灌辣椒水，用马鞭抽。一个日本军官气急败坏，拿起通红的烙铁烙在了李青云的胸膛上，顿时一阵刺鼻的焦煳味充满了刑房。李青云昏死过去，敌人就用凉水把他浇醒，逼他投降。李青云坚毅地说道："我们同志的名单我都知道，它刻在我心里。粮食放在哪儿我也知道，但我不会告诉你们。"在惨无人道的酷刑中，李青云以钢铁般的意志忍受着非人的折磨。

1943年12月3日，李青云被押送至南门外刑场，他沿街高呼："中国共产党万岁！""中国人民坚决不当亡国奴！"面对敌人的枪口，他誓死不跪，高昂着头颅："中国共产党党员宁愿站着死，也不跪着生。"恼羞成怒的敌人端起了枪，罪恶的子弹穿过了他的胸膛。然而李青云却仍然直挺挺地站在那里。日、伪军被吓退了好几步，再一次端起刺刀，冲着他的腹部刺了过去。这位年仅25岁的钢铁英雄，缓缓地倒在了血泊里。

正是无数个像李青云一样的革命先烈用鲜红的热血和无悔的牺牲铺就了复兴之路的块块基石。他们的英勇事迹将永载史册，激励着后人不断前行，为实现中华民族的伟大复兴而努力奋斗。

贝草夼的地下工作者

中共威海环翠区委组织部

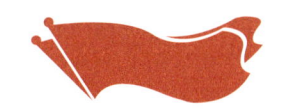

仲夏的威海,雨水连绵,坐落在威海市环翠区羊亭镇的贝草夼地下交通站展馆周边,树木葱翠,山雾环绕。这里曾是抗日战争时期中共威海县委设立的敌工部和敌工站。地下工作者以贝草夼为大本营,在威海卫抗战史上书写了一幕幕惊心动魄的传奇。

1977年,长春电影制片厂曾拍摄了一部名为《女交通员》的电影。电影中有这样一个情节:女交通员为保护情报,甩掉追赶自己的日本兵,情急之下,毅然从陡峭的山坡上翻滚下去才躲过一劫。这个情节的原型就取自贝草夼地下交通员王锡荣的真实经历。

全面抗日战争爆发时,王锡荣已经结婚。丈夫为了养家糊口常年在外务工,她带着年幼的女儿和婆婆一起生活。

王锡荣曾是民兵和妇女队长,为八路军抬担架、运送军粮。23岁时,她因工作出色,被抗日组织发展为地下交通员。她心中的信念就是要完成组织上交给自己的任务,早一天把日本侵略者赶出中国。一个大字不识的女人，为了革命，为了家国，无怨无悔。

同样无怨无悔的还有"红色卧底"贝草夼村村民王锡全。

1943年春天，地下党组织想把自己的人安插进鹿道口村的日伪据点里，需要王锡全去那里做地下工作。虽然一心想去前线杀敌，但面对组织的需要，王锡全最终同意了。

王锡全一边小心翼翼地应对日本人，一边抓住一切时机想方设法收集日军情报。在这样的夹缝之中，他为组织传递了诸多重要信息。威海敌工站因此瓦解了敌人的多次行动。

威海解放后，王锡全回家务农，因与唯一知道自己身份的上线失去了联系，他的身份便无人证明，就此成了"罪人"。后来，他受过批斗，儿子参军被拒，全家的命运都受到了牵连。

直到2006年，有关部门才确认了王锡全解放前从事对敌工作的情况。那一面"光荣之家"的牌匾终于挂在了王锡全家的门上。此时，王锡全老人已84岁高龄，这一荣誉等了大半辈子。

地下工作者为了革命、为了家国，背负骂名，忍辱负重地在黑暗中独自前行。他们的故事鲜为人知，但他们亦是真正的无名英雄，值得我们永远敬仰和铭记。

第一碗饺子祭英烈——朱村年俗

临沭县委党史研究中心 刘 涛

沭河旁有这么一个村，民风淳朴、历史悠久，它就是临沂市临沭县朱村。村里有一个独特的春节习俗：全村老少的第一碗饺子，都要敬献给革命英烈。这一习俗已经沿袭了几十年。

今天，就让我们穿过历史的硝烟，寻觅这个习俗的起源，去感受那段生死相依、荣辱与共、感人至深的军民鱼水深情。

那是1944年1月，春节将至，朱村的老百姓们正沉浸在过年的喜庆氛围中，杀猪宰羊，舂舂米，贴春联，放鞭炮。殊不知，日、伪军一直对朱村这个抗战模范村虎视眈眈，企图进行血腥报复。

除夕的凌晨，天刚蒙蒙亮，蓄谋已久的日寇纠集日、伪军500余人对朱村进行了疯狂"扫荡"。两声枪响后，熟睡中的朱村村民被枪声惊醒，慌忙起身，扶老携幼，从村南口向东面的沭河跑去，打算到沭河东岸的老四团（即八路军一一五师教导二旅四团）驻地躲避敌人的偷袭。

驻守在店头镇顶子村的老四团八连连长鄢思甲听到枪声后，马上集合部队向朱村赶来。寒冬腊月，沭河已经结了一层薄薄的冰。战士们为了老百姓安危，毅然跳进刺骨的河水，前去朱村阻击敌人。冰，划破了战士们的双腿，鲜红的血水流淌在沭河里。

在战场上，老四团的战士们英勇冲杀，无所畏惧。连长鄢思甲被子弹打穿了脖颈，呼吸困难，仍坚持不下火线。投弹手郝红娃，腿负了重伤，在简单包扎后又冲了上去。一班长焦锡模，一只胳膊被打断，坚持战斗直至流尽了最后一滴血。与此同时，朱村村民纷纷赶来运送弹药，救护伤员，形成了军民同战的场面。经过6个多小时的激战，敌人丢弃了几十具尸体仓皇而逃。八连的24名战士献出了年轻的生命。朱村得救了，朱村平安了。

第二天，也就是大年初一拂晓，乡亲们为了表达对八连战士的感激和敬意，齐聚朱村王氏祠堂，手捧一碗碗热腾腾的饺子，大声呼喊："是八连救了咱！今天，我们第一碗饺子要敬八连牺牲的战士们啊！"

此后，每到过年时，朱村人都会用新年的第一碗饺子来祭奠那些为了救朱村百姓而牺牲的战士们。这个习俗雷打不动，成了朱村的过年习俗。

1983年，曾指挥朱村战斗、被授予"一级战斗英雄"的八连连长鄢思甲去世。因深念这片曾经战斗过的土地，他嘱托后人将其骨灰撒入靠近朱村的沭河里。

当我们走进八路军老四团钢八连朱村纪念馆时，可以看到一面绣着"钢铁英雄连"的锦旗。这面锦旗是朱村战斗后第六天，由朱村村民送给连队的。1944年8月，在山东军区战斗英模大会上，政治部主任萧华正式宣布八连为"钢八连"。朱村战斗被正式载入《八路军战史》。《解放日报》《大众日报》也分别刊载了"钢八连"的英雄事迹。

一碗饺子祭英烈，是朱村的年俗，饱含着老区人民和人民子弟兵的深情厚谊，传递着建设家园、珍爱和平的精神力量。

一生为民

青岛市市南区职工服务中心　辛睿格

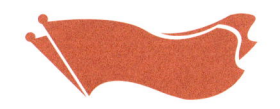

王一民，原名王福寿，化名王振寰，1919年出生于山东省招远县徐家疃村。

九一八事变后，全国各地的抗日救亡运动此起彼伏，"停止内战""一致对外，共同抗日"的呼声一浪高过一浪。年轻学生王一民满怀爱国热情，积极投身抗日救亡宣传活动。卢沟桥事变爆发后，他异常激愤，下定决心，投笔从戎。同年冬，王一民邀集几个志同道合的同学来到寿光县，参加八路军鲁东抗日游击队第八支队，走上武装抗日的道路。1938年，他回到家乡组建抗日武装，短短几个月的时间就拉起了一支一百多人的抗日队伍。这支武装队伍积极组织发动群众，宣传抗日救国的道理，打击日伪军，深受周围村镇群众的欢迎和拥护。同年9月，王一民被派到八路军山东纵队第五支队军政干部学校政治班学习。其间，他加入了中国共产党。

在抗日战争最艰难的时刻，面对顽敌，王一民带领所属部队英勇作战，保卫根据地、铲除伪政权、锄奸除霸。他先后指挥了大小战斗20余

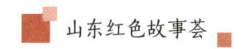

次，足迹遍及招掖边区。他还在敌伪军内部培养内线，发展党员，建立组织，开展情报工作。

1945年5月，为里应外合解放青岛，胶东军区联络部派王一民以联络部特派员的身份前往青岛，领导地下工作，为日军投降后我军接收青岛提供军事情报。

抗战胜利后，国民党军在美军的支持下抢占青岛。王一民将公开斗争和秘密斗争紧密结合，领导"福顺德"银行职工罢工并取得胜利。在反甄审运动中，王一民亲自编写和散发宣传材料，鼓舞广大师生的革命斗志。他派人打进国民党军政机关内部，使地下情报工作网不断向纵深发展。在青岛工作的短短一年时间里，王一民积极培养发展党员，壮大党的组织。他组建的地下情报网为胶东军区提供了许多有价值的情报，有力地配合了山东解放区的军事斗争。

王一民在青岛开展秘密工作时，危机四伏，环境十分险恶。1946年7月的一天，王一民外出途经北京路时，不幸被国民党特务认出。被捕的那一刻，王一民想的不是个人安危，而是保护党的机密，他立即将身上唯一能够暴露青岛地下党组织的"居住证"吃到了肚里。面对敌人的不断提审和酷刑，王一民以惊人的毅力忍受了肉体上和精神上的折磨，始终没有泄露党的秘密。在狱中，他想方设法买通狱警传送纸条，鼓励监狱外的同志们坚持革命斗争，还在狱中秘密地培养在押的进步青年参加革命。

1947年4月22日深夜，王一民被穷凶极恶的敌人秘密地拉到太平角某处活埋。面对死亡，他从容不迫、视死如归，最终壮烈牺牲，年仅28岁。他是解放战争时期在青岛牺牲级别最高的地下党员。

王一民短暂的一生，是为党的事业无私无畏、奋不顾身的一生。他的铮铮铁骨、浩然正气、热血忠魂和视死如归的英雄气概感人至深、催人奋进。2021年，青岛市市南区建成的"一生为民"连心红廊，以"一生为民　铭记初心"为主题，旨在以理想之光照亮奋斗之路，以信仰之力开创美好未来。前辈们的革命精神和牺牲精神将永远激励后人勇担使命、矢志奋斗。

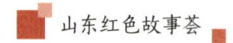

党群同心创奇迹 三天建成军用大桥

郯城县第一实验小学 高歆淼

滔滔沂河水，不仅养育了两岸百姓，还见证了英勇的沂蒙人民不畏艰难险阻，全力配合解放战斗的光辉岁月。1946年隆冬时节，沂河之上悄然建成了一座大桥。这座桥打通了解放军的前进道路，其背后蕴藏着一段动人的故事。

1946年，全面内战爆发，国民党军以重兵进攻华东解放区。郯城县委接到上级指示，要求三至五天内在沂河上架设一座宽6米、承重3吨以上的军用大桥。

这是一个需要与时间赛跑、与恶劣的自然条件搏斗的任务。

北方的冬天，天寒地冻，下水架桥的难度极大，且没有建造这种规模桥梁的经验。

郯城县委在当天晚上就召开了紧急会议，分析可行性：郯三区的群众基础好；建桥地点河面较窄，且地势隐蔽；附近大树多，各庄都有木制大门，拆下来就能用。抗战时抗日军民破坏敌军轨道运来的许多铁轨也埋在附近,这样建桥材料是充足的;沿岸船只、水手、铁匠、泥瓦工匠众多。部队还派来了技术员协助。

次日一大早,沂河边的建桥点,300多名木工、200多名铁匠、100多名泥瓦工和1200多名青年架桥突击队员准时集结。工地上呈现出一派紧张繁忙的景象:木工伐树、截桩、解板,铁匠支炉赶制铁部件,泥瓦工赶制石料;青年架桥突击队员兵分两路,一路运输材料,一路预备船只;附近群众也抢铺两侧沙滩,准备引桥。

刺骨的北风卷着纷纷扬扬的雪花,在空旷的河道里呼啸。2000多名郯城儿女,顶风雪、冒严寒,在河滩上顽强奋战。白日里人山人海,紧张忙碌。夜晚灯火通明,干劲不减。

经过一天一夜的奋战,一切准备就绪,建桥最关键的一战——打桩,在万众瞩目中拉开了序幕。

三区区长任士坤和300名突击队员是打桩工作的主力军,负责轮番打桩。河面上100只木船连接搭成了一座水上浮桥,每只船上都放了一张大八仙桌。突击队员纷纷跳上八仙桌,手挥大铁锤,对准木桩不停击打。任士坤脱去棉裤下到水中,仔细检查木桩是否牢固。别人换班了,他依然坚持工作不休息。因为连续工作时间过长,劳累过度,他竟晕倒在水里。

群众闻讯纷纷加入到建桥的队伍中。重坊街的王大娘主动组织100多名妇女,连续两天挑土抢铺引桥;黄家村的老党员黄大娘则发动群众赶制食品,每天涉水过河送到建桥工地。

知道建桥需要柴草和木料后,大伙儿争相捐献。许多人把大树砍倒,用牛车直接送到工地;一些老人甚至送来了准备作寿木的木料。

最终,一座宽6米、长1900米的沂河大桥建成了,比预计时间提前了两天。

战争年代，无情的炮火将沂蒙儿女推上了历史舞台。他们用行动丈量着脚下这片热土，用大义书写了沂蒙战争史上浓墨重彩的一笔。沂蒙精神也成为跨越时代的精神力量！

父子三杆枪

菏泽市牡丹区职业中等专业学校　侯慧瑛

　　冀鲁豫边区革命纪念馆陈列着两杆土枪。木制的枪把，铸铁的枪管，无膛线；前膛装药，装机发火使用黑火药，霰弹发射铁砂或钢珠，射出后目标精确度并不高，但爆破力度却媲美精制枪。

　　这两杆枪，一杆长2.95米，一杆长2.3米，分别重35斤和15斤，是解放战争时期田泗德父子打国民党军使用的。

　　新中国成立前，在鲁西南这片土地上，"田泗德"这个名字闻名遐迩，他英勇善战，枪法很准。他有两个儿子：大儿子田兆稳，既是一位农田里的行家里手，更是杀敌好手；小儿子田兆迎，从小就参加了儿童团，站岗、放哨、送信，聪明机警，是位小交通员。解放战争期间，两个儿子随父亲在广袤的鲁西南平原上转战杀敌，练就了一身好枪法，让敌人闻风丧胆，被誉为"父子三杆枪"。

　　1947年的一天，田泗德接到上级紧急通知，急需缴获敌军给养和物资。他和战友们趁着夜色掩护潜伏在路边的壕沟里，等待敌人。直到第二天东方发白，他们才隐隐约约听见了汽车的响声，一辆辆汽车的影子渐渐显现出来。随着车辆愈来愈近，他们可以清楚地看见敌军抱着枪，耷拉着脑袋，随着车身的晃动打着瞌睡。

突然一阵枪响，县大队从后面卡住了敌人的退路。敌人见势不妙，加快车速，妄想逃跑。枪声就是命令！田泗德扣动扳机，大喊一声："打！"一颗颗手榴弹如流星般飞了出去。他端起土枪，瞄准第一辆车的司机，一扣扳机，司机当场毙命，汽车瘫在路上。后面的汽车来不及刹车，稀里哗啦地撞在了一起。敌人被这突如其来的枪弹打得晕头转向，乱作一团。后面车上的一个敌人操起了机枪，就在这关键时刻，田泗德又是一枪，很快结束了这场伏击战。田泗德父子及战友们不怕牺牲，奋勇杀敌，缴获了大量给养物资，并及时送往前线。

"父子三杆枪，心红胆壮武艺强。"他们父子三人的英雄事迹在鲁西南大地上广为传颂。他们使用的土枪被保留下两杆，陈列在纪念馆，无声地诉说着英雄的故事。

失忆也忘不了唱红色歌曲

青岛市李沧区兴华路街道办事处　徐　杰

已经96岁高龄的他，记不住儿女名字，忘记了很多往事，却能一字不差地唱完《没有共产党就没有新中国》。这位老人名叫万兆滋，是青岛市李沧区兴华路街道华泰社区的一名老党员。

1925年，万兆滋出生在即墨区店集镇王瓦村。他年轻时，村里有共产党地下党组织、地下交通站。万兆滋积极投身革命工作，成为一名地下交通员，为党组织运送情报。他聪明机警，经常推着手推车四处卖布、卖粮食，以行脚经商为掩护，打探敌情、运送情报。他在手推车的木把手上打了个洞，把情报藏在里面。运送情报时遇到过很多次危险，都被他机智地化险为夷。

有一次，他接到任务，要送一个紧急情报。天不亮他就出发了，当赶路到即墨小龙山时，刚拐过一个山坡，就看到有一队国民党士兵在盘查。万兆滋感觉情形很危险，就赶紧在土坡前藏了起来。因为推着手推车，避也避不开、跑也跑不掉，要是被敌人察觉行为不正常就更危险了。他思来想去，决定把情报先埋起来，然后推着手推车到盘查点。敌人把他的手推车翻了个底朝天，最后什么也没找到，骂了几声后就放行了。走过盘查点后，万兆滋假装车坏了，蹲下身修车。等敌人走了，他赶紧折返回去取出情报，继续赶路。

靠着行商这种掩护手段，万兆滋多次成功完成运送情报的任务。1947年，他加入中国共产党。1949年青岛解放后，他跟着部队进了城。因为有多年情报工作经验，他被安排在国棉七厂安全科工作，兢兢业业工作几十年，直到离休。

随着年龄的增长，万兆滋的听力逐渐减退，记忆力开始模糊，话越来越少，过往的革命经历也很少再提及，平时连儿女的名字都记不清了。但有件事让大家很感慨：他能一字不差地唱好几首红色歌曲。他的女儿万萍告诉我们，一让父亲唱红色歌曲，他就喜上眉梢，自己打着拍子、挥舞着胳膊，能把歌曲完整地唱下来。

唱红色歌曲是万兆滋老人晚年生活的一个重要仪式，那是他的青春记忆，更是他为党和人民奉献一生后留下的深刻记忆。

16名伤病员的"亲娘"

临朐县政协　许心安　许孝义

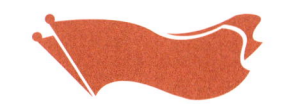

　　解放战争时期，临朐县西南部山区的一个小村庄（今五井镇马庄村）里住着一位陈大娘。她在极其恶劣的斗争环境里舍生忘死地救护解放军伤病员，大义如山，大爱似水，被誉为"沂蒙母亲"的典型代表。

　　陈大娘原名高优美，19岁时嫁到马庄村。1943年，在丈夫和两个儿子离家闯关东后，她独自带着3岁的女儿生活，日子过得艰难，平时靠野菜、树皮充饥。1944年，马庄一带迎来第一次解放。陈大娘为人直爽、热情干练，积极投身革命，参加土改、发展生产、拥军支前等各项工作，并光荣地加入了中国共产党。

　　1947年7月，因马庄医院尚未安排就绪，解放军伤病员被暂时安排在村里。陈大娘听说村里要来解放军伤病员，早早就做好了准备，迎接了6名伤病员入住家中。她无微不至地照顾着他们。伤病员们感动得泪流满面，亲切地称她为"亲娘"。

　　临朐战役打响后，10名重伤病员被送到陈大娘家。陈大娘毫不犹豫地接受了任务。原本约定3天接走伤病员的时间过了却还没有人来接，大家就开始紧张起来。陈大娘耐心地安慰伤病员："只要有大娘在，你们就绝对不会掉地下。"药品用完了，就烧些侧柏枝灰当消炎药；新绷带没有了，便把旧绷带洗净晾干后，用火烤烤继续用。她每天给伤病员擦伤口、喂饭、接屎、接尿，忙个不停。伤病员们对陈大娘的付出非常感动。一天早晨，陈大娘给伤病员们送饭时，大家突然一起叫："娘！娘！娘！"陈大娘先是一怔，继而热泪盈眶，连声答应："哎！哎！哎！"

当地的还乡团和"反共自卫队"进行疯狂的反攻，面对险恶的形势，机警的陈大娘四处寻找能分散隐藏伤病员的地方。夜深人静的时候，她将10名伤员逐一背到村内外3个地方藏起来。

日子一天天过去，家中的粮食日渐减少，她和女儿白天在附近村子讨饭，晚上则去秘密基地照顾伤病员。每晚借着小油灯微弱的光，她小心翼翼地为伤病员清除蛆虫、擦洗伤口，一忙就是大半夜。

8月13日，还乡团听说马庄藏着共产党的伤病员，便赶往马庄。他们抓住正要去讨饭的陈大娘和女儿，一边威胁她们一边把家里翻了个底朝天。陈大娘镇定地说："俺娘俩自己还顾不过来，拿什么养伤病员？再说了，伤员没粮没药，饿也饿死了。"她的一番话忽悠了敌人，成功度过了危机。

当天晚上，嵩右区区长杨庆三来到陈大娘的家中。陈大娘领着大家将10名伤病员从3个地方找了出来。杨区长和伤病员都感激万分。伤员们哽咽着跟大娘告别："娘，您就是我们的亲娘，如果没有您，我们恐怕早已不在人世了。"

陈大娘以坚定的革命意志和慈母情怀，舍生忘死地救护解放军伤病员。她的事迹传播到全国各地，流传至今。

将军泪

临邑县新时代文明实践中心　张敏浩

1946年，解放战争烽火初燃，中央委派三五九旅到山东渤海老区根据地组建新军。宁津县18岁的刘双全抱着"打败老蒋就回家"的信念，毅然告别亲人，踏上了漫漫征途。

1948年11月27日，永丰战役打响。为了吸引火力，掩护战友，刘双全端着机枪冲在最前面。战友们一个个倒下，硝烟伴着嘶喊，尸体摞着尸体，鲜血染红了大地。经过三天三夜的激战，刘双全所在的加强连，包括他在内仅剩18人。他们悲痛欲绝，亲手掩埋了战友们的遗体。

历经数年征战，万余名渤海子弟兵伤亡过半。他们跨越7省，行程万里，打了十几场战役，解放了16座城市。1949年9月，刘双全终于盼到了"打败老蒋就回家"的这一天。然而，他和战友们接到命令，继续向西，进军新疆。作为军人，必须忠于祖国，忠于中国共产党，听党指挥，坚决服从命令。于是，他们铸剑为犁，拉开了艰苦创业、荒漠建家的序幕。70多年过去了，在他们艰苦奋斗中，昔日的荒滩戈壁蝶变为金沙滩。

一个细雨霏霏的傍晚，新疆生产建设兵团原司令员刘双全终于回到了他魂牵梦萦的故乡——山东宁津。这位叱咤疆场九死一生的将军，80多岁的老人肃立在父母坟前，老泪纵横，喃喃自语："爹、娘，不孝儿今天来看望二老了。从1947年离开家乡，我就再也没有见过你们，是儿子不孝。爹、娘，如果有来世，下辈子我还给你们做儿子。"

当记者问及老人是否考虑过回乡定居、落叶归根时，刘双全微微摇头。他说："王震将军生前曾经讲过，'青山处处埋忠骨'。我们这些老家伙儿，谁也不能走，就是死了，骨灰也要留在新疆！"一生都是祖国的边疆卫士！这是一个山东老兵对党和人民的忠诚承诺！

硝烟里的红色电波

威海市经济技术开发区泊于镇政府　刘阳超　杨梦婷

钟文仁，1931年6月出生于泊于镇屯钟家村，在家中排行老大，有五个弟弟和两个妹妹。1948年1月参军，曾在淮海战役、渡江战役等战役中担任译电员，1956年6月退伍。

1947年秋，威海卫保卫战爆发时，钟文仁正在威海二中上学。钟文仁的班主任告诉他们只有保家卫国，以后才能过上好日子。16岁的钟文仁毅然决定去威海的部队当兵。经过严格的培训，他成为一名译电员。在当时，译电员十分稀缺。钟文仁主要负责译电工作，把电码和文字互相翻译，翻译的大部分是部队的行进路线。译电工作关系到部队前线信息，是一份非常重要的工作。

"我很普通，没有上过战场和国民党真刀真枪地打过仗。"钟文仁的言语中透露着遗憾。"部队为了我们的安全，给我们每个技术兵都发了一把手枪，我们就在指挥机关里，看不到前线的情况。"

后来，钟文仁所在的部队被编入华东军区，他被借调到第二野战军，辗转安徽、江西、福建等地。在这期间，他的父亲也去做民工，帮着部队运输。南京解放后，钟文仁所在的部队在长江中路，他父亲所在的民工大队在下关火车站。虽然知道父亲就在附近，但根本顾不上见面。钟文仁后来说："那个时候除了打仗什么都顾不得。"

钟文仁说："跟我一同去当兵的战友们基本上都牺牲了，只剩下一位和我一同参加培训的老战友还活着。"他深感战争胜利最要感谢的就是那些奔赴战场、浴血奋战的战友们，是他们用生命换来了我们如今美好的生活。

社会主义革命和建设时期

孤胆英雄程九龄

滨州市惠民县委党史中心　孟书军

程九龄，1930年出生于滨州市惠民县胡集镇街北程村的一个贫困农民家庭。1948年12月，他积极响应党的号召，参军入伍。1950年10月，他跟随中国人民志愿军赴朝作战，被编入志愿军第二十军六十师一七八团四连六班。

1951年6月6日，在金化以东的名胜洞阻击战中，程九龄与班长萧二云、战士王昆斗一起守卫全连前哨阵地。他们三人彼此配合，愈战愈勇，在装备差、人员少的不利条件下英勇奋战，在拂晓打退敌人第一次进攻，打击了拥有现代化装备的美国大兵的嚣张气焰。班长萧二云在射击过程中头部、手部受伤，流血不止，不得不退出战斗。程九龄和王昆斗继续并肩作战。王昆斗是新战士，刚满18岁，战斗经验不足，不免出现手忙脚乱的情况。年龄稍大的程九龄鼓励王昆斗说："兄弟，不要害怕，鬼子不过是纸老虎，只要我们狠狠打击，他们看不出我们的人数少，就不敢攻上来。我们一定要守住阵地。"他让王昆斗帮他装子弹，就这样，战斗一直持续着。不料,几颗子弹飞了过来,王昆斗躲闪不及,肩部连中两弹,身负重伤。程九龄用绷带包扎好王昆斗的伤口。这样只剩下程九龄一个人作战。

怒火中烧的程九龄镇定地观察了山头下的敌情后,迅速把班长的卡宾枪、王昆斗的冲锋枪、自己的自动步枪和所有的手榴弹、手雷都放在身边,根据冲上来的敌人多寡和远近,轮番使用不同的武器进行反击。同时,他不断变换自己的攻击地点,避免敌人发现我方阵地只有一个人。在一天的战斗中,他先后向敌人投掷了34枚手榴弹、9枚手雷,成功击退美军的6次进攻,击毙击伤敌人40余人。他独自坚守前哨阵地一整天,为大部队的反攻赢得了宝贵的时间。

战后,程九龄因在战斗中的英勇表现被评为一等功臣,并荣获"孤胆英雄"称号。

1951年8月,程九龄光荣地加入了中国共产党,并在部队中先后担任副班长、班长等职务。1955年1月,他参加了解放一江山岛的战斗,并因作战英勇,升任排长。

1956年10月,程九龄复员回乡,被安排在惠民县王惠理信用社任主任。后来,他回到村里务农,先后任生产大队长、党支部书记等,继续发挥余热,带领群众发家致富。程九龄经常进机关、校园宣讲革命故事,传播革命精神,教育后人珍视当下的幸福生活。1989年,程九龄因病去世,享年69岁。

一位老兵的峥嵘岁月

聊城市高唐县清平镇人民政府　田佳杰

"雄赳赳，气昂昂，跨过鸭绿江。保和平，卫祖国，就是保家乡。"每当《中国人民志愿军战歌》的旋律响起，老兵陈兆荣的眼中总是饱含泪水。歌声将他带回那段峥嵘岁月。那时的他，在枪林弹雨中，用行动诠释着对党和祖国无限的忠诚与热爱，用血肉之躯筑起了保卫祖国、保卫家乡的钢铁长城！

陈兆荣，1929年出生，聊城市高唐县清平镇桑园村人。在那个兵荒马乱的年代，父母早早离世，年幼的他艰难长大。1948年6月，他参军入伍。

"钟山风雨起苍黄，百万雄师过大江。"1949年，中国人民解放军强渡长江，彻底摧毁了号称"固若金汤"的千里长江防线。

"渡江战役时，俺第一个报名，告诉班长俺会凫水！"陈兆荣生前回忆着讲述。他凭借出色的游泳技能，趁夜黑凫水到江对岸，观察清楚敌情后，发出信号弹，大部队收到信号后随即出动。大势已去的敌军几乎没有抵抗的能力，溃败而逃。

陈兆荣自参军那天起就坚定了"听党指挥跟党走"的信念。他经历了济南战役、淮海战役、渡江战役、西南剿匪等多场重大战役。每次战斗他都冲锋在前，无惧生死。他因出色的战斗能力和丰富的作战经验，被任命为重机枪班班长。

1950年，响应"抗美援朝，保家卫国"的号召，义无反顾地加入中国人民志愿军队伍，入朝作战。那是12月的寒冬，志愿军战士身上都只穿着单薄的衣服，粮食、水源都很紧缺。身为班长的陈兆荣将自己仅存的窝头让给其他战友，自己忍着严寒捧着雪地里的雪块充饥。他告诉战友："大家伙儿都是咬着牙坚持下来的，敌人还没有被击垮，俺们一个都不能倒！"

1954年，陈兆荣解甲归田。他积极参与村党支部建设的各项工作，在平凡的岗位上散发着自己的光和热。他用自己的言行影响着后人，教导他们要听党指挥跟党走。

如今，陈兆荣老人已经离世，但他的革命精神代代相传。他的儿子、孙子都参军入伍，成就了一家三代出军人的佳话美谈。

活着的"烈士"

济南解放纪念馆　王　霄

在济南解放阁的展板上，有一封泛黄的决心书。

"连长、指导员：我要求完成最艰苦的任务，轻伤不下火线，重伤不哭叫（叫），打下济南，为山东人民报仇，争取立功！战士滕元兴，民国卅七年九月一日。"

短短几行字，浓缩了战争年代一位青年心中的信念。这封决心书将我们带回了76年前那个战火纷飞的岁月，也让我们认识了一位英勇无畏的战士——滕元兴。

1948年的9月1日，济南战役前夕，华东野战军发出"全歼守军，夺取济南，为进一步发展中原战局而战"的号召，一时间兴起了一场轰轰烈烈的军事大练兵运动。从战前动员到军事训练，每一个指战员的内心都燃起了一把火。滕元兴抱着誓死而战的信念写下了这封决心书。

济南战役胜利后，华东野战军九纵七十三团被中央军委授予"济南第一团"的光荣称号；七连被纵队授予"济南英雄连"荣誉称号，李永江、王其鹏、于洪铎三位同志被纵队授予"济南英雄"光荣称号，滕元兴荣立一等功。然而，滕元兴却没能与战友们共享这荣耀时刻。

70多年来，滕元兴一直作为烈士被人们讲述着、怀念着。直到2021年4月的一天，一通电话带来了一个振奋人心的好消息：滕元兴还活着！

数十年来，这封泛黄的决心书不知被我们讲述了多少次。如今，它的主人找到了。

滕元兴，1930年出生于山东掖县（今莱州），16岁应征入伍，18岁在济南战役战前动员会上火线入党。如今，他是辽宁省军区沈阳干休所的副军职离休干部。

2021年4月23日，通过电视台现场直播，我站在解放阁下与当时91岁的滕元兴老人进行了视频连线。面对镜头，我抑制不住内心的激动："您好，滕老，我是解放阁班组的班长王霄。我的身后就是解放阁，就是您当年登上的内城东南角，济南战役的攻城突破口遗址。"耳麦里传来滕老的感慨："现在的济南可不是过去的济南了。"我立即回应他："正是因为有您这样为新中国奋战的战斗英雄，才能山河无恙，国泰民安！"

在与滕老的聊天中，我也得知了当年的真相。原来，在进入内城的巷战中，敌人扔出的两枚手榴弹突然在他身边爆炸，顿时疼痛难忍，面对敌人的反扑，他强忍着疼痛继续战斗，最终昏死在血泊中。3天后还在昏迷中的他被抬离了济南，在百姓家里养伤6个多月，与部队失去了联系。1949年10月，滕元兴几经辗转，进入中国人民解放军空军第四航空学校学习，成为新中国第一批飞行员。滕元兴没有辜负党组织的厚望，1951年11月，他驾驶的战机在抗美援朝空战中发挥了威力。这位活着的"烈士"，是烽火岁月留下的"误会"，更是英雄历程的见证。滕元兴老人嘱托我们："继承革命精神，完成前辈们没有完成的新的长征。"

城在变，但精神永存。作为"解放阁守护者"的我们走出解放阁，走进校园、街道社区、基层一线，在传承红色精神的新征程上贡献力量。

隐功埋名的老班长——吴书印

济宁经济技术开发区疃里镇董家小学　刘　聪

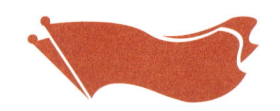

大家一定都听说过特级战斗英雄黄继光的故事吧！我要讲述的故事的主人公是黄继光的班长吴书印，他曾在上甘岭战役中与黄继光并肩作战。

1927年8月，吴书印出生于济宁市嘉祥县仲山西村。他21岁参军，随部队转战青海、贵州、云南等地，足迹遍布大半个中国。1950年10月，他又唱着"雄赳赳，气昂昂，跨过鸭绿江"的豪迈歌曲，随中国人民志愿军奔赴"抗美援朝，保家卫国"的战场。

1951年7月，吴书印所在的二营六连增补了一批新战士，其中黄继光被分配在连部当通讯员。当时，吴书印担任二排五班班长。连队开展敌前练兵期间，黄继光成为他班里的战士。吴书印很喜欢这个勤奋好学的小战士，总是耐心地指导黄继光，还经常冒着敌人的炮火封锁，陪他执行送信任务。在吴书印的帮助下，黄继光在五班学到了射击、投弹、爆破和土工作业等知识，迅速成长为一名出色的战斗员。

1952年10月19日深夜，吴书印所在的连队奉命向上甘岭597.9高地进行反击战斗。在这场激烈的战斗中，美军使用了大量火炮、坦克和飞机对我军进行轰炸，连队伤亡惨重。关键时刻，为了战斗的胜利，黄继光用自己的胸膛堵住了敌军的地堡枪眼，壮烈牺牲。在黄继光英雄壮举的激励下，吴书印和战友们高喊着"冲啊！为黄继光同志报仇！"的口号，迅速攻占了上甘岭高地。

战役结束后，总攻部队从牺牲的战友身体下面找到了奄奄一息的吴书印，把他送往后方救护所抢救。从朝鲜战场复员时，吴书印身负多处重伤，荣立大小战功10余次。他的左眼失明，脑颅里残存的弹片也没能取出来，他主动要求回家乡参加社会主义建设，没有向组织申请伤残照顾。吴书印对家人说："很多战友都在上甘岭战役中牺牲了，我能活着回来，就已经很满足了，还要什么照顾？"对于自己曾是黄继光班长的事情，他一直闭口不谈。直到2000年，在纪念抗美援朝出国作战50周年之际，《中国民兵》和《中国国防报》相继报道了吴书印的故事。人们才知道这位默默无闻的英雄原来是黄继光的班长。

吴书印是抗美援朝战场上众多英雄儿女中普通的一员，他们面对巨大考验时挺身而出，表现出了我们这个民族的气节、韧性、责任与担当。

一位老人的红色情怀

中共高密市委机构编制委员会办公室　许靖雯

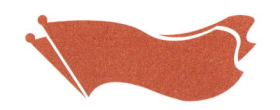

历史的长河滚滚向前，从战火烽烟到光华璀璨，是中国共产党带领中国人民实现了从站起来、富起来到强起来的伟大飞跃。当我们凝视着革命先烈用鲜血染红的党旗，那依旧闪耀着的是亘古不变的信仰力量。

老兵周兰，是一位有着深厚红色情怀的老人。1950年，新中国面临美帝国主义的武装威胁和挑衅。22岁的他为了实现保家卫国的理想，不顾家人劝阻，毅然加入了中国人民志愿军，跟随部队跨过鸭绿江，参加抗美援朝战争。

在朝鲜战场上，刺骨的寒风穿透了他的两层薄衫，过膝的积雪又让他双腿几乎麻木，手上被冻出疮。有的战士倒下了就再也没有站起来。可飞机的轰炸还在继续，敌人的火力持续增强，他只能化悲愤为力量，一边挖洞一边作战，咬紧牙关往前冲。

周兰曾说："我当时没有别的想法，就想为祖国、为家人打赢这场仗，以后过安稳的日子。"坚定的信念和朴素的愿望，支撑志愿军战士浴血奋战、勇往直前，打出了军威，打出了国威，赢得了抗美援朝战争的伟大胜利。

如今，烽火硝烟早已远去，老兵周兰也变成了鲐背老人。每当后辈来看望他时，他总是嘱咐："要好好读书，积极争取入党，做个对国家、对社会有用的人。"

周兰在部队作战时冲锋在前不怕死，荣立三等功；退伍后支援边疆不怕苦，扎根西北无怨悔；退休后，他坚持传递红色基因，传承优良家风。他动情地说："我是从旧社会走过来的人，知道现在的幸福生活多么来之不易……没有共产党就没有新中国，共产主义是我终生的信仰！"

周兰用自己的实际行动诠释了什么是真正的信仰和担当，为后人树立了光辉的榜样。

峥嵘岁月藏战功　忠诚一生守初心

中共安丘市委党校　马钰涵

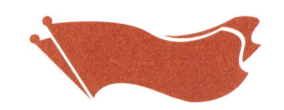

5本战地笔记、5张立功喜报、7次三等功的表彰、一套挂着军功章的旧军装，这些珍贵的物品无声地记录着那段烽火硝烟、枪林弹雨的峥嵘岁月，定格下一位英雄响应号召、保家卫国的热血青春。转业到地方后，他依然不改本色、不忘初心，始终以共产党员、革命军人的高标准严格要求自己。他，就是抗美援朝老战士周德根。

周德根1933年出生。18岁那年，刚刚中学毕业的他毅然报名参军，被编入第五十军一四九师四四七团，仅训练一个月后便跨过鸭绿江赴朝参战。他曾说："那时候出去了，就没想过回来。"穿上军装的那一刻，他就已经做好了为国捐躯的准备。

在朝鲜战场上，周德根跟随部队参加了多个重要战役。让他印象最深的是"十八勇士夜袭水原城"那场战斗。当时，志愿军装备差、条件苦，但战士们开动脑筋，以智取胜。他们把空罐头盒串成一串，夜晚时悄悄挂在敌人的铁丝网上。风一吹，空罐头盒便叮叮当当响起来，引来美军一阵疯狂扫射，几次三番下来敌人就懈怠了。战士们便趁机吹响冲锋号。18名战士一晚上全歼了敌人一个排，打下了扬眉吐气的一仗。周德根因为作战英勇顽强，先后4次荣立三等功。同时，他所在的四四七团也被授予"白云山团"称号，成为志愿军中唯一的团级英雄群体。

枪炮无情，战事紧急，有时候只能匆匆将牺牲的战友埋在后山的雪窝之中。革命胜利之后，祖国和人民没有忘记他们。战争胜利后，周德根所在的部队接到了一个特殊的任务，就是安葬在战争期间牺牲的革命烈士们。部队用3个月的时间找到烈士遗骸，将他们安葬在朝鲜的烈士陵园中。

经历过战火淬炼的老兵，甘于在平淡中奉献。在25年军旅生涯中，周德根曾多次立功受奖，但他把这些荣誉奖章压在箱底，很少向别人提及。他对个人名利与得失看得很淡。他说："和战场上牺牲的战友相比，我已经很知足了。我们活着的人就要好好工作生活，不能给那些逝去的战友们丢脸。"

忠魂不泯，浩气长存。2021年9月3日，抗美援朝烈士遗体搭乘专机回到了祖国。

在历史的长河里，老一辈人用生命、用青春、用信仰汇成千千万万奔涌的浪花，托载着中华巨轮在复兴征程中乘风破浪。今天，我们踏上了新时代新征程，更应该继承这"浮舟沧海，立马昆仑"的精神，乘着时代的东风，为实现中华民族伟大复兴的中国梦而奋勇前行！

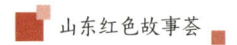

一件带血的毛衣背后的感动

栖霞市庄园街道办事处　林子靖

胶东抗大,这所在战争中成长起来的学校,承载着厚重历史和革命精神。

在胶东抗大教育基地里有一件特殊的展品,那就是胶东抗大第五任校长、在抗美援朝战役中牺牲的最高指挥官之一蔡正国(时任中国人民志愿军第五十军代军长)穿过的毛衣。这件毛衣是一件珍贵文物,它的背后有一个感人的家风传承的故事。

1953年4月12日晚,朝鲜战场的夜空被敌机的轰鸣划破。蔡正国正准备结束会议,突然一颗炸弹轰然爆炸,四溅的弹片击中了他和他身后的作战处处长。蔡正国的头上和胸部多处中弹。抢救时,由于他身上的衣物无法脱下,医生只能将毛衣剪开进行手术。由于失血过多,当晚10时,蔡正国的心脏停止了跳动。他牺牲时穿的这件红色毛衣,被人从战场送回他妻子的身边。随同这件带血的毛衣一起被带回的,还有一个跟随他穿越火线的铁皮箱。箱子里整整齐齐地存放着16封未发出的家书,那是蔡正国写给妻子张博的。这些家书的字里行间,透露出蔡正国最放心不下的,就是自己未曾谋面的小儿子蔡小东。蔡正国牺牲时，蔡小东才出生48天。

2019年，得知栖霞市胶东抗大教育基地建成，年过六旬的蔡小东选择在父亲诞辰110周年之际来到胶东抗大。他走到父亲画像前，久久不愿得离开。他用双手轻轻抚摸着父亲的照片，一遍遍地呼唤着："爸爸，我来看您了。""爸爸，我是您的儿子小东呀，我来看您了！"蔡小东将母亲视作珍宝的父亲遗物郑重地交到胶东抗大基地负责人的手中。他说："这是父亲留给我的礼物，也是胶东抗大人勇于斗争的纪念物。父亲的心在抗大，我的心永远和父亲在一起！"蔡正国那件带血的毛衣得以展出。一批又一批来胶东抗大参观的学员无不为之动容。

历史因铭记而永恒，精神因传承而不灭。革命先辈戎马一生、南征北战，他们为我们留下的物品是历史的见证，更是一种精神的永驻。珍贵的文献资料与历史文物，让人们追忆起艰苦的战争年代，更加深了对革命先烈的崇敬之情。

改革开放和社会主义现代化建设新时期

河东乡间的"袁隆平"

中共河东区委宣传部　杨　明

他是全国农村青年科技星火带头人、山东省新长征突击手、高级农艺师王永平。在绿油油的稻田里，他俯身细察，眉头紧锁；在金灿灿的田野上，他轻抚稻穗，满心欢喜。春秋寒暑，四季更迭，他总是与心爱的水稻相伴。从事水稻研究已有四十多年，被誉为河东区的"水稻大王"。

早年在生产队种水稻亩产只有三四百斤时，王永平就萌生了培育水稻新品种、提高水稻产量的梦想。这个梦想从他进入山东农业大学农果系函授班进修时开始生根发芽。水稻研究并非易事，确定一个水稻杂交品种通常需要12年，一个常规品种也要8年。

1984年，临沂地区农业局将水稻试验点安排在王永平的家乡太平街道王太平村。王永平当时任农民技术员，他抓住这个良机，把全部精力投入水稻研究中，进行良种培育。为了观察水稻繁育情况，他在试验田边搭了个窝棚，吃住都在里面。烈日酷暑、蚊虫叮咬，他全然不顾。为了弄清水稻抗倒伏的基因，越是下雨刮风，他越往地里跑，因为只有在极端灾害天气中，才能收集平常观察不到的数据。靠着这些年的积累，他撰写的文章《勾股定理在水稻高产防倒栽培中的应用》《水稻合理密植理论模式的研究》等，在《山东农业科学》杂志上发表，被联合国粮农组织主办的《农业科技文摘》期刊收录。

1998年，王永平成立了"临沂市永平水稻研究所"，成为当时全市唯一的民营科研机构负责人。他还承担了省科委的"稀播育秧""旱管增产"等多项课题，同步进行测水、土肥配方、化学除草、秧苗密度等35项试验。每年从6月份开始，他就异常繁忙，选育杂交、调查数据、考察筛选，加上田间管理、插秧抛秧等，前后50多天都在田地里。大家亲切地称他为"河东乡间的'袁隆平'"。

王永平曾担任河东区太平街道农业办副主任，但他在办公室里坐不住，更喜欢待在田间地头，是大伙儿公认的"庄稼医生"。

有一次，太平街道一个村的200亩水稻在浇地后秧苗长时间没有返青，群众急了眼。王永平听说后赶到现场察看。他拔起稻苗闻到一股鱼腥腐泥味，心里便有数了。他告诉村民："你们浇稻抽的深井水，沤烂了水稻的根，就像人得了感冒，水稻的根受凉了，哪里肯长？""赶紧排水，晾田，换新水，让水稻重新生根！"村民们照做后，过了几天后，大片水稻起死回生。

服务农业、农村、农民，王永平毫无保留；培育、改良水稻新品种，他收获累累硕果。自20世纪90年代以来，他先后培育出"鲁香糯1号""鲁香粳1号""临粳8号"等十几个优质高产、抗病能力强的水稻品种，在多地推广种植600多万亩，每亩增产15%左右。

痴心育稻四十余载，情系农村终不悔。如今王永平已经退休，但他仍然奋战在农业战线上，为水稻事业鞠躬尽瘁，为乡村振兴添砖加瓦。

一句生死盟约　一生真情守护

青岛高科产业发展有限公司　许瑞超

2021年9月23日，对王仁江来说是一个特殊的日子。这一天他和几位战友相约，从全国各地赶赴安徽，在蒙城烈士陵园悼念已故战友侯立庭。36年前的这一天，他们有12位同甘共苦的兄弟牺牲了。从那时起，王仁江和战友们就约定，每年9月23日都会到一名烈士家中探望军属、悼念已故战友。这么多年，王仁江经常会想起他们，当年的战友深情历历在目，当年的生死盟约犹在耳边。

1985年，在边境战场上，一场高地攻坚战即将打响。时任连长的王仁江带着全连战士庄严宣誓："从现在起，我们就是亲兄弟！你们每个人的父母、家人，就是我的父母、家人！我的一切都是你们的！无论谁牺牲了，剩下的事大家一起扛，扛一辈子！"这一誓言，被王仁江和战友们视为"生死盟约"。

在那次战斗中，王仁江和战友们攻占了山头，歼灭了敌军。战争胜利后，连队被中央军委授予"攻坚英雄连"称号，王仁江也荣立一等功。然

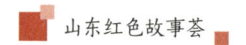

而，胜利的代价是沉重的，连队及配属分队有12名战士牺牲了，他们大都十八九岁。从战场回来后，悲伤的王仁江擦干眼泪，和活下来的战友们一起开始履行"生死盟约"。

这12位烈士的父母，居住在全国各地，有在山东本地的，还有一些在河南、安徽、湖北等地。战争结束后，王仁江和活下来的战友们一起，把这12位烈士的父母当作了自己的亲生父母。他们挨家挨户走访，把烈士父母的基本情况都了解透彻、铭记在心。

1985年，王仁江的月工资不到100元，但他还是拿出一半，每月按时寄给牺牲战友的父母，从未间断过。从刚开始的几十元、几百元，到后来的几千元、上万元，他始终坚守着这份承诺。逢年过节或是老人的生日，王仁江都会送上温暖的关怀，给这些老人带来了无尽的慰藉。

时至今日，12位烈士的父母只剩下7位在世。每当有战友的父母去世时，他都赶去送老人最后一程。

出征前的生死之约，幸存的战友一刻也不敢忘却。王仁江是一个铁血硬汉，用真情守护着这份矢志不渝的承诺，告慰烈士忠魂。

吴守林的操心事

国家电网滨州供电公司党建部　吕永权　刘春迎

他，3岁丧母，6岁丧父，却在45年里含泪送走了324位"父亲""母亲"，为355对"儿女"操办过婚事。这些数字背后，是他的付出和辛劳，是他对身边人无尽的关爱和守护。他就是"全国岗位学雷锋标兵""中国好人""山东省道德模范"，国家电网滨州供电公司的吴守林。

吴守林无偿操办婚事，还得从40多年前说起。当时结婚要租辆小轿车接亲，铺条红地毯、搭个彩虹门、扎几束鲜花造势都成了标配。可办一场像样的婚礼得花费巨大。吴守林就想：怎样能帮大家节省点儿，又把婚事儿办得漂亮呢？1985年，他用所得的3000元奖金，购置了红地毯、彩虹门等婚礼用品，免费给大家用。从此，他的各种奖金、补助都花在了这些婚礼用品的更新换代上。不仅如此，在婚礼现场，吴守林往往是最忙碌的那个，插彩旗、挂灯笼、搭彩虹门、铺红地毯，忙前忙后，不亦乐乎。遇到雨雪天气，办完婚礼后还要把地毯清洗干净再晾晒。一米五宽三十多米长的地毯重达七八十斤，沾上水就更沉。一场婚礼下来，吴守林常常累得

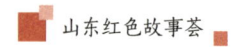

腰酸背痛。

有人问他："这么操心受累，图个啥？"吴守林说："每次看到新人成婚，我都深深地体会到了一种做父亲的喜悦。这种亲近感，对我这样一个孤儿来说，是巨大的幸福。"

吴守林自幼在孤儿院长大，17岁参军。从部队转业后，他被分配到滨州电业局工作。他常说："人人都爱自己的家，都想回报自己的家。对我来说，国家和单位就是我的家，我要为这个家多做点事。"

单位的厕所堵了，他挽起袖子就来疏通；大雨天，下水道排水不畅，他冒雨清出垃圾杂物；每次扫雪，他总是第一个扛起扫把……

2007年，有位同事因车祸离世，其家人伤心欲绝。为了安慰家属，老吴花了一整天的时间，用了几十斤棉絮和石膏，修整出了逝者原来的样子。当场家属哭着给他跪下了。

2017年，吴守林做了癌症手术，却依然心系他人，爱为别人操心。他说："活着多好啊，我和这世上的人还没亲够，大伙儿还有好多事需要我操心呢。"他用自己的方式书写着人间温情，传递着正能量。

永不忘却的战友
——记革命烈士、一级英雄模范梁学章

淄博市公安局张店分局　孙淑悦

他，参加公安工作3年多，亲手抓获357名犯罪分子，13次光荣负伤。

他，在抓捕通缉在逃特大案犯的搏斗中壮烈牺牲，年仅23岁。

他出殡那天，天降大雪，礼兵肃穆，万人相送。

他的事迹，被时任公安部部长的王芳同志高度评价并亲笔题词。

他的事迹，被作家张宏森改编成电视剧《梁子》。

他就是淄博优秀民警代表、革命烈士、全国公安战线一级英雄模范、中共党员梁学章。

梁学章，1965年9月出生于淄博市张店区沣水镇良乡村的一个农民家庭。1985年，他从山东省淄博人民警察学校毕业，被分配到淄博市公安局张店分局刑警队工作，成为一名便衣警察。

1988年12月23日，是一个让无数人心痛不已的日子。下班途中，梁学章发现了北京市公安局通缉的在逃犯罪嫌疑人张其文。踏破铁鞋无觅处，想不到七天七夜都寻不到的犯罪分子竟在这里出现了。梁学章忘记了

一天的疲劳，决心将这个特大案盗窃犯抓住。张其文也认出了梁学章就是曾经抓过他的便衣警察，立刻想溜走。梁学章机警地将其拦截，并准备实施抓捕。张其文见无法逃脱，便露出凶相威胁道："只要放我走，什么都好说。不然，我就不客气了。"他说完便掏出了30厘米长的特制凶器——用螺丝刀改制的利刃。梁学章为了震慑罪犯、不误伤群众，对空鸣枪警告。张其文自感难以逃脱，便佯装服从。当梁学章上前给他戴手铐时，张其文突然猛扑上来，用凶器朝梁学章的头部、颈部猛刺。梁学章在主动脉破裂、鲜血喷涌的情况下，仍然用一只手死死地抓住张其文，并用另一只手猛击他的脸部。张其文见无法挣脱，又凶残地用膝盖顶住梁学章的胸部，丧心病狂地用凶器朝梁学章的头部刺去。梁学章倒在了血泊中。就在张其文挥舞着带血的凶器仓皇逃窜时，在场的群众不顾一切地追赶他，将其抓获。

梁学章因伤势过重，失血过多，经医院全力抢救无效，壮烈牺牲。

他用生命践行誓言："我热爱生活，愿意生存，但是为了我的祖国，我又愿意牺牲我的一切——包括生命。"

在梁学章的感召下，我们一代又一代的淄博公安人，把"对党忠诚、服务人民、执法公正、纪律严明"的总要求融入警魂，先后涌现出一大批优秀人民警察。他们用实际行动捍卫政治安全、维护社会安定、保障人民安宁。

绽放在科研一线的铿锵玫瑰
——记全国五一劳动奖章获得者赵小娟

鱼台县妇女联合会　葛　畅

在山东水发环境科技有限公司技术部实验室，有一位杰出的科研工作者，她以坚定的初心使命，深耕业务，勇于创新，破解了国际关键技术垄断的难题，带领研发团队填补了多项国内技术空白，为水处理技术和产品带来了革命性的变革，为推动制造业高质量发展作出了突出贡献。她就是山东水发环境科技有限公司技术部主任、工程师、全国五一劳动奖章获得者赵小娟。

赵小娟，1979年6月出生，1999年从西安交通大学机械制造专业毕业即投身水处理设备的生产一线。2006年，她凭借对科研的热爱和执着，踏上了由生产到科研的转型之路。为了能在研发上有所突破，不是科班出身的赵小娟付出了比别人更多的努力。

2014年，赵小娟带领团队与中科院合作，承担了新型纳滤膜材料的研发与利用产业化的项目。这项技术此前一直被国外垄断。赵小娟怀揣着"让百姓喝上放心的水"的信念，全身心地投入科研工作中。

人才匮乏是基层一线面临的最大困难。"就七八个人，能行吗？"中科院专家担心道。山东水发环境科技有限公司研发人员杨超回忆起当时的状况，说："一次次的失败，我自己都没信心了，就不愿意再做了。"

赵小娟却表示："我们干什么事情，不能因为失败就放弃。"为了全身心地投入研发工作中，她吃住在厂，经常通宵工作。有时，深夜醒来，忽然想起一个解决技术问题的办法，她会立刻赶往实验室。

历时6个多月，经过100多次的反复试验，赵小娟团队终于研制出了新型纳滤膜材料及膜组件，成功突破了膜材料、制备工艺及膜应用等技术瓶颈。这项拥有完全自主知识产权的技术是国内唯一的中空纤维复合纳滤膜产业化项目，填补了国内空白，打破了国际垄断。

山东水发环境科技有限公司总经理李运玮说："这项技术在饮用水、污水、高浓度难降解废水方面发挥了巨大作用，全国20多个城市30多个地区都使用了这个产品。"

2019年，赵小娟带领团队和中科院自动化研究中心共同研发的"水处理大数据云平台"运营系统，填补了"水项空白"，大大降低了处理厂的运营成本，取得了良好的经济效益。

赵小娟不仅是一位杰出的科研工作者，更是一位甘于奉献的人。她认为一个人的价值不仅仅在于挣了多少钱，更在于为社会做了什么。她以实际行动生动地诠释了劳模精神，宛如一朵艳丽的"铿锵玫瑰"，在水处理研发领域不断绽放芳华。

一句承诺延续17年送学路

齐河县总工会　赵晓飞

在横穿齐河县的308国道上有这样一个路口，每到上学、放学的时间，人们总能看到一位老人举着小红旗护送孩子们过马路的身影。这位老人名叫张光城，是齐河县经济开发区火把张村的村民，被孩子们亲切地称为"送学爷爷"。这个昵称背后，隐藏着一段长达17年的感人故事。

火把张村的学生每天需要穿过40米宽的308国道去河李小学上学。尽管这段路程只有1千米，但由于车辆多、车速快，村里每年都会出现学生被刮伤、撞伤的情况。孩子们一提上学就恐慌，然而有的家长外出打工，有的忙地里的农活，很难做到每天4次卡点接送孩子。说起孩子上学的事，家长们愁眉不展，就连村干部也束手无策。村民张光城看在眼里，疼在心里，当时已66岁的他推开村委会的大门，承诺道："以后孩子们上学、放学就由俺来接送，保证孩子们在路上不出问题！"看他态度如此诚恳，村支书点头同意了。就是这一句承诺，张光城开始了送学任务，无论刮风下雨还是严寒酷暑，这一送就是17年。

为了这份承诺，张光城付出了巨大的努力。多年来，他坚持每天早半小时到达路口，从未睡过一个午觉。每当有新的小学生加入时，张兴城都会仔细嘱咐孩子要注意安全。

为了保证孩子们能按时上下学，开始的时候，张光城在国道上一待就是一天。从护送孩子的第一天起，上学、放学的时间点就刻在了老人的心里。由于国道比较宽，张光城带领孩子们过马路的时间就比较长。在车辆飞驰的国道上，为了保证孩子们的安全，他手摇自制小红旗送学生过马路。他说："越是刮风下雨，我越要认真，碰到仅5米可见的大雾天气，我就直接站在马路中间护送孩子们。"17年间，张光城接送了周围4个村子的600多个孩子上下学，从未发生过一起交通事故。

张光城老人，送学十七载，一句承诺重千金，爱幼情深暖人心。他先后荣获山东省道德模范、德州好人之星等荣誉称号。

矢志空天铸重器

中共荣成市委宣传部

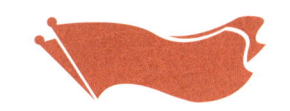

2019年10月1日，一架空警-2000预警机和八架歼-10战斗机组成的领队机梯队，飞临天安门广场上空接受检阅。歼-10战斗机拉出7道绚丽的彩烟，以此庆祝新中国成立70周年。在仰望飞机的人群中，有一位荣成人，他的目光紧紧地追随着歼-10战斗机，瞬时脑海中闪过的是一次次为战斗机进行供氧实验的片段。他，就是我国当代航空航天生理学领域的领军人物、国内航空航天医学与工程交叉学科的权威专家肖华军。

年少时，肖华军就读于荣成五中，而五中所在的滕家镇正是"两弹一星"元勋郭永怀的故乡。1968年，年仅15岁的肖华军从新闻上得知了前辈郭永怀牺牲的消息，心痛无比。尤其是得知郭永怀牺牲时用身体护住了绝密公文包，肖华军感动得流下了热泪。他暗暗发誓，一定要像郭永怀一样，为祖国奋斗终生。

从荣成卫校毕业后，肖华军成为一名乡村医生。他一刻也未曾忘记报国的誓言。1973年8月底，南越军舰在西沙海域不断地驱赶和抓捕中国渔

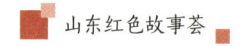

民，企图占领岛屿。他应征入伍，追寻着郭永怀的足迹，走上了科技报国之路。

自20世纪80年代起，机载制氧技术成为西方发达国家军事研究的热点。在飞机空中加油技术实现突破后，氧源成为限制航程的关键因素。因此，研制远程供氧技术势在必行。为加快装备研制进程，肖华军不顾一切困难挫折，高质量地完成多项实验任务。2004年冬天，他不慎胸部受伤，终日疼痛不已，但面对紧锣密鼓的科研活动，他依然忍痛坚持工作。4周后，等到他去医院拍片时，所有人都震惊了——六根肋骨骨折！当时重点型号实验正在进行中……他不顾大家的劝阻，忍着剧痛坚持现场指挥，一天也没有住院休养，最终带领团队圆满完成了助力战机远程飞行的科研任务。

少年心怀救国壮志，中年澎湃强国雄心。几十年来，肖华军积极探索并推进航空医学生理学的发展与实践。在国家所有航空重点型号歼击机、运输机、轰炸机等主战机型供氧防护研究中，在高原列车供氧防护方案研讨会上，在坦克高原供氧防护装备研制中，都有他和团队的身影。他还带领团队参与了保障神舟飞船返回舱回收过程的高空空投试验。通过反复试验，他和同事们攻克了难题，为神舟系列载人飞船和嫦娥五号返回舱的成功回收实验提供了技术支撑，发挥了重要保障作用。他为国家航空航天重大工程献计献策，取得了众多令人瞩目的科研成果，多次荣获国家科学技术进步奖，成功推进我国战机机载远程制氧与供氧技术的跨越式发展。

青山埋忠骨 山河念英魂

枣庄市台儿庄区退役军人事务局 王 婷

喜马拉雅山南麓有一个耸立在悬崖之巅的边境哨所——詹娘舍哨所,那里海拔极高,地形险峻,云雾弥漫,仿佛是处在云端,因此这一哨所被称为"云端哨所"。

靖磊磊,1984年12月28日出生于山东省枣庄市台儿庄区泥沟镇汪庄村。他少年时进入武术学校,用5年的时间练就了一身好功夫。2002年12月,他光荣地成为詹娘舍哨所的一名战士。2006年,他加入中国共产党。

2007年3月2日,作为班长的靖磊磊在带领战士们抢救跌落300米深悬崖下的战友返回哨所的途中,不幸遭遇雪崩而受伤。在生死抉择的关头,他主动选择留下来看护重伤员,后因气候恶劣,受伤过重,不幸牺牲,年仅23岁。他把生的希望留给了战友,他的名字永远镌刻在了雪山之巅,他的生命永远定格在了祖国的边疆。2007年5月16日,原成都军区授予詹娘舍哨所"英勇顽强团结互助模范班"荣誉称号。靖磊磊被西藏军区政治部批准为革命烈士,并追记一等功,现安葬于台儿庄区革命

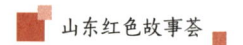

烈士陵园。

走进台儿庄区革命烈士陵园，这里的每一个名字，每一座烈士墓，每一段故事，都是英雄"回家"的见证。台儿庄区革命烈士陵园，为"最可爱的人"筑起了一座精神丰碑。在台儿庄这片红色热土上，生长着一代代有血性的中华好儿郎。在不同的历史时期，这里涌现出许多可歌可泣的英雄人物，靖磊磊就是其中的杰出代表。

距离台儿庄区泥沟镇驻地15千米的汪庄村东北方向有一座陈旧的平房，那就是靖磊磊的家。靖磊磊的父母谈起儿子，伤感中带着自豪。从尊老爱幼到诚实守信，从甘于奉献到乐于助人，二老一直注重家风家教。詹娘舍"云端哨所"上的精神丰碑，正是烈士靖磊磊和所有戍边战士用实际行动铸就的。靖磊磊在平凡的岗位上恪尽职守，用生命和热血守卫着祖国的安宁、人民的幸福。他对祖国的赤胆忠心就源自淳朴家庭的好家风、好家教。

2021年，4名退役老兵重回海拔4655米的詹娘舍哨所，踏上熟悉的山路，祭奠牺牲的战友。他们站在昔日的哨岗上，深情呼唤靖磊磊的名字，那一幕让人动容。2007年的那场灾难，对老兵们来说是刻骨铭心的，是终生难忘的。靖磊磊他们用青春和生命为祖国边关筑牢了钢铁长城。

"非洲先生"刘贵今

菏泽市郓城县杨庄集镇常庄初级中学　纪丹丹

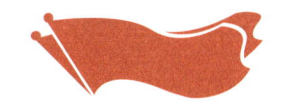

2007年初夏,世界的目光聚焦在苏丹的达尔富尔地区。

一位戴着老式棕色塑料框眼镜、面容清瘦的中国外交官,出现在达尔富尔难民营里。天气突变,40多摄氏度的高温下,狂风大作,这位鬓角斑白的中国人却无暇顾及这一切。他正在用席子、帐篷搭建的一个个简陋住所之间奔走,仔细查看粮食和饮用水的供应情况。他,就是中国首任非洲事务特别代表——刘贵今。

刘贵今,1945年8月生于山东郓城,1971年8月加入中国共产党。1972年,他从上海外国语学院(今上海外国语大学)毕业后进入外交部工作。自1981年起,他从事对非洲的经济援助工作。20世纪90年代初,他被派驻埃塞俄比亚担任参赞。当时正值埃塞俄比亚爆发内乱,两派势力为了争夺政权,打得不可开交。在最初的4个多月里,一到晚上,外面就是枪声一片。

回首这几十年在非洲的点点滴滴,枪林弹雨并非他记忆中最深刻的画面。与家人的爱别离苦，才是刘贵今心中最深的烙印。1981年，当刘贵今和夫人双双前往肯尼亚时，3岁的儿子被寄养到亲戚家。此后6年多的时间里，远在7000多公里之外的夫妻俩只能通过信件、照片和录音带来排解他们对孩子的思念和牵挂。当他们从肯尼亚归来时，儿子已和他们生疏了。

为了照顾儿子，刘贵今和夫人决定轮流驻外。他去埃塞俄比亚，夫人留在国内。直到儿子入读清华大学建筑系后，夫人才放心地飞往使馆，和他重聚。

从2001年至2007年在南非当大使的6年间，刘贵今曾接待了9位我国国家领导人；参与安排南非总统姆贝基两次访华；见证了中南双边贸易额从不足20亿美元增加到将近100亿美元；中国对南非的投资额也从2亿美元增加到10亿美元。

2021年6月29日，中共中央授予刘贵今"七一勋章"。这是对他为促进中非关系发展作出的突出贡献的充分肯定，更是对他在对非外交岗位耕耘近40年的最高嘉奖。

新时代中国特色社会主义

"板报爷爷"的初心和情怀

菏泽市定陶区人力和资源社会保障局　刘　龙

在山东省菏泽市定陶区半堤镇大徐村,有两位特殊的党员志愿者,他们是92岁的李永祥和79岁的李景新,被大家亲切地称为"板报爷爷"。

李永祥是一位有着五十多年党龄的老党员。1947年菏泽还没有解放,不满15岁的李永祥成为共青团员。他曾经帮助共产党员牛广荣躲避国民党军的追杀。小时候的经历在他心中埋下了"长大后要做个对社会有用的人"的种子。1969年5月,他加入中国共产党。走进李永祥的家里,映入眼帘的是墙上的一张张奖状和桌上的一张张荣誉证书。这些荣誉既是对他在大徐村默默奉献一辈子的见证,也是对他学习宣传党的政策所付出的努力的肯定。

在农村,资讯往往相对闭塞,村民获取外界信息的渠道非常有限。李永祥认为,写板报可以帮助村民及时了解最新的国家政策,可以成为村民获取信息的重要窗口。来来往往的村民只需站在板报前看一看,就能了解党和政府的政策。

从2008年起,李永祥自费在村里制作了4块大黑板。为了办好板报,他找到了同样热心公益事业的老党员李景新。两位老人商定共同经营这项"事业"。万事开头难,为了把板报办好,两位老人费尽心血。每次出板报前,他们都是先拿放大镜仔细研读《人民日报》《大众日报》,提炼出精华内容,然后抄写到本子上,最后再把本子上的内容誊写到黑板上。

由于年事已高,二老写一期板报要花上两天时间,可他们从没想过放弃。李永祥说:"只要身体吃得消,我愿意一直做下去。"多年来,因风雨侵蚀,黑板裂了坏了,李永祥自己掏钱修补。他还买了彩色粉笔,丰富板报内容,提高板报的观赏性。板报虽小,却承载了丰富的内容,上至国家大事、政策方针,下至村庄动态、科普常识。这一笔一画写出的黑板报,成为大徐村百姓了解广阔世界的一扇窗口。

李永祥和李景新坚守为民情怀,也用实际行动诠释了平凡坚守。

46把钥匙的故事

青岛市公安局市北分局　陶　丽

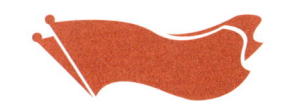

2008年6月，马怀龙转业到青岛市公安局市北分局兴隆路派出所，成为一名社区民警。46把钥匙的故事就从这里开始了。

2011年10月的一天，马怀龙在社区进行人口普查，当他踏入一户居民家中时，眼前的一幕让他惊讶不已。这户人家住着一家三口。女主人宋月兰双腿残疾，男主人杜盛昌则因糖尿病并发症，双腿已严重溃烂。马怀龙了解情况以后问："怎么不去医院？"杜盛昌说："我们去不了。再说，这种病也治不了，能熬一天算一天吧。""不行，必须上医院！不试试怎么知道？"说着，马怀龙就背起杜盛昌直奔医院。

住院期间，杜盛昌妻子在医院照顾他，但家里还有一个上学的孩子无人照料。这时候，马怀龙主动承担起了照顾这个孩子的责任。于是，宋月兰将家中的一把钥匙交给了马怀龙。自此，这把钥匙就留在了马怀龙的手里，它也是马怀龙收到的第一把钥匙。宋月兰交到他手里的，不仅仅是一把钥匙，更是一份沉甸甸的信任。

社区里有一位傅大娘。女儿和丈夫相继离世后，巨大的家庭变故一下子把她击垮了。孤苦伶仃的她把自己封闭起来，再也不愿意与人交往。得知此情况后，马怀龙主动上门耐心帮她打开心结，还隔三岔五地去看望她。2022年春节，马怀龙带领社区志愿者到傅大娘家中去包饺子，在包饺子的过程中，志愿者为老人讲笑话、表演节目，逗她开心。傅大娘说："谢谢你们，这么多年陪伴我，打开了我的心结。这是我过得最开心的一个春节。"傅大娘拿出了一把钥匙给马怀龙，说："你是我最亲的人，我现在把咱家的钥匙交给你，你什么时候来都行。"然后，傅大娘动情地唱起了《唱支山歌给党听》。她边唱边流泪，在场的所有人也都流下了泪水。那一天，动人的歌声迎来了新年的钟声，也开启了傅大娘新的生活。在马怀龙的帮助下，傅大娘参加了合唱团。现在的傅大娘，性格开朗，积极乐观。

马怀龙还是一名孤儿的"警察爸爸"。2012年，13岁的徐龙在父母因病相继去世后，成了无依无靠的孤儿，独自住在父母留下的房子里。父母的去世给徐龙心理上造成了巨大的创伤，他从此性格变得孤僻、内向。马怀龙走访了解后，第一时间走进了徐龙的生活，帮他打扫卫生、整理凌乱的屋子，给他做可口的饭菜。这让徐龙感到家的温暖。从此，马怀龙的手里又多了一把钥匙。2018年，徐龙上高三。有一天突然肚子疼，被马怀龙与老师送到医院，检查后发现是膀胱结石。徐龙住院期间，马怀龙一直衣不解带地精心照顾他。徐龙感动地喊他"警察爸爸"。在马怀龙的关爱与帮助下，徐龙逐渐走出了失去亲人的阴影，健康成长，并顺利完成了学业，取得了大学专科学历，成长为一个开朗热情、好学上进、有抱负的青年。如今，徐龙已成为公司的业务骨干，并加入了马怀龙帮扶他人的行列中。

十几年来，马怀龙始终坚守在社区一线，不断帮扶残疾人、孤寡老人和困难家庭。他手中的钥匙也从1把增加到了46把。

这46把钥匙，串起的是托付，更是信任。它们打开的不仅是群众的家门，更是一扇一扇的心门。马怀龙用自己的实际行动诠释了公安民警的责任与担当，书写着新时代最美的警民故事。

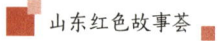

忠烈风行远　红飘带传长

莱芜战役纪念馆　朱思论

2012年9月底，山东盖伊尔集团董事长尚金花担保的两家企业进入破产程序，她将面临4600多万元的偿还责任。还还是不还？如此巨资自己未曾受用分毫。还，钱又从哪里来？自己的企业正处于成长期，何时才能还清？在责任与失信，道义与私利面前，她该做出怎样的抉择？

每临大事忆父兄。尚金花出生在一个红色家庭，她的父亲尚孝良14岁就投身革命，从白山黑水、瘴疠蛮地到跨江入朝，一生鏖战无数，屡建功勋。后来，她的哥哥尚根和接过父亲"手中的枪"，三次血书请命，以为党而生、以身许国的如磐信念、如铁意志，17岁参军入伍，毅然奔赴对越自卫反击战战场。他牺牲时年仅19岁。他在最后一封信中写道："宁可站着死，绝不躺着生。只要还有一口气，誓与敌人拼到底！亲爱的爸爸妈妈，战争是无情的，战争必然要流血牺牲，如果我牺牲了，请你们千万不要难过，因为我是为这场正义的战争而死，你们应该感到骄傲和自豪。我还剩下仅有的11元钱，就替我交最后一次团费吧；如果党组织吸纳我，也可作为第一次党费。这次战争让我看到，祖国需要强军，国家需要建设，为了祖国的繁荣昌盛，如果可以，请父亲一次性替我交上40年的党费。"部队党委根据尚根和的生前表现，追认他为中国共产党党员，追授一等功。

1985年9月19日，老父亲尚孝良双手颤颤巍巍，代儿子尚根和递交了这份永远等不来主人公的特殊党费。这浸透着烈士鲜血的党费，是尚家父子两代共产党人对党的无比热爱。爱党、爱国、拥军，永远做党的儿女，听党话、跟党走的家国情怀，成为这个革命家庭的忠烈家风。

父兄以生命赴使命、用热血铸忠魂的英雄壮举，激发了尚金花战胜困难的信心和勇气，决定勇于担当。她变卖房产，盘活资产，借遍私产。

尚金花历经千辛万苦，终于还清了近1亿元的巨债本息，并保全了企业。她的公司不忘回馈社会，发起成立了"1%计划"公益基金，已累计捐助160余万元赈济社会贫困群体。尚金花荣获"全国巾帼建功标兵""山东省三八红旗手""济南市劳动模范"等荣誉称号。

小镇里走出的"大国工匠"

中共荣成市委宣传部

20世纪90年代，一位普通码头工人的事迹在全国传为佳话。他的故事被拍成电影《金牌工人》，成为无数人学习的榜样。2018年12月18日，在庆祝改革开放40周年大会上，他被评为践行"工匠精神"的优秀代表。他就是许振超。

许振超，男，汉族，中共党员，1950年1月出生，祖籍荣成市俚岛镇大庄许家村，曾任青岛前湾集装箱码头有限责任公司固机高级经理，中华全国总工会原副主席（兼职），第十一届、十二届全国人大常委会委员。他立足本职，干一行、爱一行、精一行，自学成才，苦练技术，练就了"一钩准""一钩净""无声响操作"等绝技，多次刷新集装箱装卸世界纪录，使"振超效率"享誉全球。他勇于创新，敢于开拓，带领团队积极开展科技攻关，持续破解安全生产难题，填补国际技术空白，为国家节约巨额成本。他在工作中创造出"振超工作法"，为青岛港提速建设发展提供了宝贵经验。

20世纪90年代，由于外国技术封锁，我国的桥吊设备出现故障，只能高额聘请国外专家进行维修。外国人在青岛港仅干了12天，就一下子拿走了4万多元人民币。当许振超试着向外方专家请教点"真经"时，对方耸耸肩，不屑一顾，这深深地刺痛了许振超的自尊心。之后，他用了整整4年时间，用"倒推电路图"的方法倒推了12块电路板，画出的电路图纸有两尺多厚。

许振超刻苦学习的精神令人叹服。他说：一个人可以没文凭，但不可以没知识；可以不进大学殿堂，但不能不学习。自1974年开始，他坚持订阅杂志《电子技术》《无线电》。许振超学习的时候离不开笔记本、英汉词典、笔记本电脑这"三件宝"。工作以来，许振超用了50多个笔记本，写出了80多万字的读书笔记。

2001年，许振超临危受命，担任黄岛前湾集装箱码头设备安装总指挥。在空旷荒凉的工地上，两个铁皮集装箱便成了他的办公室兼宿舍。他的主要家当有四样：一把电水壶、一件军大衣、一张铺着用来睡觉的硬纸壳和10箱方便面。正是靠着这种吃苦耐劳、艰苦奋斗的精神，历时两个多月，许振超带领工友们，克服重重困难，提前完成了首批进口大型桥吊设备的安装任务。

许振超立足码头吊装的工作实践，练就了令世界码头服务领域为之震惊的一系列"绝活"："一钩准""一钩净""二次停钩""无声响操作"、无故障运行和轮胎吊的"油改电"。

2003年4月27日，青岛港前湾集装箱码头迎来了一艘名为"地中海阿莱西亚"的集装箱巨轮。许振超和他的团队仅用6小时15分钟就完成了全船3400个标准箱的装卸，创造出单船效率339自然箱的世界纪录。5个月后，许振超又率领团队把每小时单船339自然箱提高到每小时381自然箱，再一次刷新了世界纪录。一年内两次刷新世界集装箱装卸纪录，实现了几代码头工人的强港强国之梦,"振超效率"扬名国际航运界。凭着过硬的技术,在2003年至2010年,许振超率领工友们先后八破航运业世界纪录。

百余项科技成果和专利,一个又一个的奇迹,使许振超名扬四海、享誉世界。他荣获改革先锋、全国优秀共产党员、全国劳动模范、全国五一劳动奖章、第一届全国敬业奉献道德模范、最美奋斗者等称号,被誉为新时期中国产业工人的楷模。

获得诸多荣誉的许振超,始终有着一颗工匠的初心。近年来,虽然从一线工作岗位退下来,许振超在拼搏的路上并没有停下来。"我觉得我还可以做点事情,所以这几年我关注技术工人队伍建设和技能培训,一年参加几十场报告会。希望通过分享我个人成长的经历和感悟,鼓励年轻人尊重劳动、热爱劳动,传承弘扬工匠精神,成为有担当、有能力的技术工人。"

2024年9月13日,国家主席习近平签署主席令,授予许振超"人民工匠"国家荣誉称号。

大河之洲的生态守护者

东营市融媒体中心　陈莎莎

　　黄河奔涌，在入海口之地孕育出一片大河之洲。这里拥有中国暖温带保存最完整、最年轻、最广阔的湿地生态系统。

　　2014年，赵亚杰博士来到山东黄河三角洲国家级自然保护区。初次到来，她就被广袤开阔的湿地震撼，被新奇的鸟类吸引，她暗下决心留下来，守护好这大自然的馈赠。

　　作为一名生态学专业的博士，她迅速投入生物多样性监测和智慧化保护管理的工作中。工作之初，认鸟是赵亚杰面临的最大难题。为了尽快进入角色，她曾连续9个月驻扎在基层管理站。

　　一年四季，时序轮转，赵亚杰守望在这片湿地上。春天，这里海风肆虐，风沙打在人的脸上，钻进嘴里、耳朵里，阳光在水面上反射，刺得眼睛不敢睁开。她需要穿着密不透风的连体橡胶裤，背着十几斤重的望远镜、三脚架、照相机等设备，蹚潮沟、走样线，观察、记录潮汐线附近"鹬蚌相争"的取食场面。夏天，密密匝匝的芦苇有两米多高，枝枝丫丫的柽柳林里时常"埋伏"着马蜂，一不小心，就被蜇得眼肿脸胀。赵亚杰一天要跑几十公里，观察、保护、记录、研究鸟类的情况，还要收集新鲜鸟粪。她一旦发现鸟粪，就赶紧用棉签迅速蘸取，收进试管，及时检测。

赵亚杰的努力和付出得到了认可。2021年10月20日，习近平总书记亲临黄河三角洲生态监测中心，观看了赵亚杰现场操作智慧平台展示的黄河三角洲的流路变迁、水沙变化、生物多样性保护等工作情况。在5G网络实时传输的监控画面上，习近平总书记清晰地看到一对东方白鹳正在巢内梳理羽毛。他对赵亚杰和她同事们的工作给予了肯定。

2022年，黄河口国家公园创建进入设立报批阶段。赵亚杰与团队成员以极大的热情投入智慧保护管理的探索和构建工作中，综合运用互联网、遥感、雷达等信息技术手段，打造监控、科普、预警平台，为保护管理插上科技翅膀。

赵亚杰终日穿梭于芦苇荡，往返于近海滩涂，把科研论文写在广袤湿地上。近年来，她发表科研论文24篇，出版图书6部，申请专利3项、计算机软件著作权9项，承担国家级、省部级、市级科研项目4项，生态保护、科学研究成果多次获省级以上奖励。她用科研数据为黄河流域生态保护和高质量发展提供了有力支撑，也把青春奋斗融入生态保护事业之中。

在繁忙的科研工作之余，赵亚杰还积极投身科普宣传和教育活动。她以"生态守护者"的身份走到社会大众中间，讲述这片土地上人与自然和谐共生的故事。

未来，赵亚杰将继续与这片土地相依相伴，用智慧和汗水书写更加辉煌的生态守护篇章。

青春之花绽放在帕米尔高原上

日照市莒县实验幼儿园　荆晓鑫

"我要像胡杨一样扎根祖国西部边陲，把爱国爱疆作为一生的信仰。"这是崔久秀不变的人生理想。

崔久秀，1992年10月生于山东莒县。2014年大学毕业后，她背起行囊，离开家乡，义无反顾地来到南疆大地，成为一名驻村干部。

初到黄沙漫漫的南疆，自然环境艰苦、语言沟通不畅、饮食不习惯等，让崔久秀有些难以招架。为了尽快适应在南疆的生活，她开始学习维吾尔语，一有空便与当地居民交流，用她的真诚、热情逐渐赢得了群众的信任和喜爱。不到半年，她便能够流利地用维吾尔语与村民对话，居民们都亲切地称她为"小崔古丽"。

因为出色的工作表现，崔久秀从2017年起开始担任萨依巴格社区第一书记。社区一共有11名工作人员，她是年龄最小的。崔久秀到社区做的第一件事就是给每户居民发了一个信封，上面写着她的姓名、职务和电话号码：一是和大家认识一下，二是告诉大家有困难可以及时跟她说。发下去的信封被回收后，崔久秀对大家反馈的内容进行了梳理，共有72个问题需要解决，主要涉及修路、燃气、供暖等。凡是社区能解决的，她立即受理办妥；社区解决不了的，她及时反映到上级部门，并给居民作出答复。一位擅长服装制作的居民告诉崔久秀，自己想创业开一家裁缝店，却苦于没有场地和资金。崔久秀和社区干部商量后，腾出一间办公室，免费提供给这位居民，帮助她成立了服装合作社。

吐尼沙汗·苏来依曼是崔久秀的结亲户。"她的老伴儿瘫痪在床，女儿有精神疾病。这样的家庭条件让人看后心里难受，自然就想多帮帮她。"崔久秀一有时间就到吐尼沙汗家探望，得知她的女儿没低保，就四处奔波，帮助办理。

"看到老人就想起了我的爷爷。"崔久秀说。当年离家时爷爷站在麦田边，送她上车时对她说："你去那么远的地方工作，爷爷可能再也见不到你了，但你这是在做对祖国有用的事，爷爷支持你。"一语成谶，爷爷临终前崔久秀因为工作没能赶回去送他。一年多后她回家，跑到爷爷坟前大哭了一场。"对爷爷，我很愧疚，但我想我完成了爷爷对我的嘱托。"

崔久秀像一颗顽强的"胡杨种子"，在南疆这片广袤的大地上茁壮成长，用青春书写壮丽篇章，用责任和激情奏响了青春最美的圆舞曲。

凡人微光　星火成炬

济南公共交通集团有限公司　董　丹

公交史馆里保存有一段宝贵的视频资料，它记录了毛泽东主席试乘由济南公交自主研发的沼气车的珍贵瞬间。这段视频资料不仅定格了一代伟人的风采，更映射出济南公交人筚路蓝缕、勇于创新的奋斗精神。

济南公交人一直追求事事尽"善"，既"善"于创新，更与民为"善"，将"心系乘客，服务一流"作为不变的服务理念。每一辆"10米车厢"就是一个"流动暖房"。8000余名驾驶员即是8000余个"济南好人"，他们助人为乐、见义勇为、拾金不昧。其善举如一道道微光，照亮了这座城市，又如汩汩清泉，浸润着每个人的心田。

作为一名公交车驾驶员，我深感荣幸，能够用自己的实际行动为济南公交人的"善"字再添上一笔。

2015年7月的一个傍晚，我在执行营运任务时，一名中年男子在中心医院站上车后，突然用匕首抵住了我的腰部，要求将车开到泉城广场。歹徒非常狂躁、气焰嚣张，还时不时挥舞匕首，作势要冲向乘客。一车人都极度紧张，不知所措。面对突如其来的危机，我努力保持冷静，与歹徒周旋，成功劝说他让乘客先下车。在确保乘客安全后，我果断按下报警按钮。最终，在警察的协助下，成功将歹徒制服。

这一事件引起了社会的广泛关注，大家都说我是舍己救人的英雄。其实，将乘客安全送达是公交车驾驶员的使命。在那种危急情景下，每一名驾驶员在关键时刻都会毫不犹豫地选择挺身而出。英雄的称号，在我们这个队伍中，不独属于哪一个人。

济南公交人多年来致力于弘扬"善"文化，倡导"日行一善、及时行善、与人为善、崇德向善"的价值观，打造了"公交榜样·温暖泉城"的文化品牌。一年一度的全市"公交榜样"颁奖典礼，不仅是对凡人善举的表彰，更是对公交人精神风貌的展示。

在这个群体中，"山东好人"张滨，他急停拦车，用一个手势、一声嘶吼救下横穿马路的幼童；"山东好人"张雷，暴雨急流中他救下跌倒的老人，鞋被冲走后，赤脚完成了营运任务；跳水救人的"济南好人"牛建军……他们以实际行动诠释了公交人的责任与担当，为济南公交的"善"文化注入了源源不断的活力。

"市民有需求，公交有响应。"这是济南公交人不变的承诺，每一位公交车驾驶员都像一束微光，用自己的行动照亮济南的大街小巷，传递温暖与正能量。

我回家乡当书记

烟台市牟平区观水镇埠西头村　林建龙

我现在是一名村支书。我为什么要回来当村支书？这要从2016年秋天我回村帮着老爹卖苹果说起。那天，我看见两位老人为了多卖两毛钱，赔着笑脸任由商贩挑选。他们奔波了好几个地方才卖完11筐苹果。其中一位老人用粗糙的双手接过卖苹果的钱，颤抖着数了好几遍，嘴里念叨着："种点儿地太不容易了。"这一幕深深触动了我。

2017年村里换届选举。老支书找到我说："建龙，咱村年轻人都外出打工了，留下的都是老人。老年人不懂政策，也不会在网上卖苹果，挣的钱越来越少。乡村振兴需要有好的带头人，你年轻，懂的也多，肯定能为老百姓做点实事。"在乡亲们的支持下，我当选为村委会主任，并任村支部书记。

我干的第一件事，就是给村里建休闲广场。勘测专家在现场指着一处老宅说："这个位置最合适，但涉及拆迁，可能有一定难度。"我当即表示："这是俺家，若这里合适那就拆。"在场的老人说："孩子，你同意没用，得

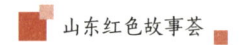

你爹同意才行。"我发动家人一起劝说父亲同意，最终广场建了起来。

三年来，村两委班子完成了建休闲广场、改造自来水、修山路、维修基础设施等一系列工程，解决了乡亲们上山路难走和自来水时常断水等迫切需要解决的问题。

2019年，市里倡导党支部领办合作社。经过考察后，我与班子成员一致决定建樱桃大棚，鼓励村民入股。为了打消大家的顾虑，我把家里的50万元存款拿出来做前期投资，班子成员和一部分党员也跟着入了股。资金不够，我只能用自家房产证贷款。行长劝我："要是真赔了，你对得起家人吗？"我说："我是村支书，当初我提议建大棚，现在建到一半就这么不管了，我对不起全村的老百姓啊！"就这样，大棚终于建起来了。目前我们的合作社已扩大到220户社员，整合资金300万元，2023年收益达到了60万元。

为了工作方便，我一直住在村里，爱人和孩子住在市里。我很少有时间陪他们，心里充满了愧疚。但看到乡亲们黝黑的脸上露出的朴素笑容，看到广场上快乐奔跑的孩子们，我觉得一切付出都是值得的。

我逐渐成长为一个村庄合格的当家人。乡亲们的认可，坚定了我扎根基层、为老百姓办实事的决心。我将继续带领乡亲们发展电商、乡村采摘游等产业项目，让乡亲们的腰包都鼓起来，把我们的小乡村变成人人向往的"金窝窝"！

钢铁的"追光者"

山东钢铁集团日照有限公司　石　妍

有人说，每个人的生命中都有一道光，它引领着我们不断前行，去实现梦想。山钢日照公司钢铁研究院的侯晓英，就是一名追光者。

她原本想上医学院，却阴差阳错成为沈阳理工大学材料成型和控制工程专业的学生。父亲告诉她："既然选择了就要去热爱。"随着时间的推移，钢铁的厚重与坚韧逐渐打动了她，让她爱上了这个专业。她在东北大学硕博连读，在国家重点实验室主研冷轧汽车用钢。这也成为她心中追逐的那道光。

毕业后，侯晓英来到山钢集团。她准备大展拳脚，却发现这里竟然没有冷轧汽车用钢。那时，山东省还没有高端冷轧汽车钢产品，各大汽车厂家只能依赖省外产品。面对这样的困境，她没有选择随波逐流，而是试图寻求突破点。2015年底，得知山钢集团新建日照钢铁精品基地将涉足冷轧汽车钢领域，她毫不犹豫地报名前往，开始了她的冷轧汽车钢研发之旅。

经过数年的不懈努力和艰苦研发，侯晓英和她的团队成功开发了冷轧汽车用八大系列、47个钢种的产品，其中镀锌780MPa级双相高强钢更是填补了省内空白，实现了山东省冷轧汽车用高强钢系列产品从无到有、从有到优的跨越。她终于追上了心中的那道光。

DP780是冷轧镀锌产线产品中的"贵族"，试制难度非常大。2019年8月，DP780已进入调试阶段，侯晓英团队的试制工艺方案却遭到德国西马克技术专家全盘否定。这对团队士气造成了极大的打击。难道真的要放弃自己团队和生产线上百号人的努力吗？不！侯晓英暗下决心，我们已经从钢铁大国变成了钢铁强国，我们要用事实证明给他们看。

表面上是技术方案的分歧，暗地里却是中外研发技术的比拼。最终，双方决定分别采用各自的方案进行调试。外方专家的试制方案失败后，侯晓英和她的团队则顶住压力，最终成功试制出合格的钢卷。

多年来，侯晓英在科研领域取得了丰硕的成果，她先后承担了16项技术创新项目，作为第一发明人取得23项国家发明专利，发表了27篇论文，参与制定7项企业技术标准，还荣获"山钢集团科技进步突出贡献奖"。看着一系列产品从实验室走向工业化大生产，广泛应用于各大汽车主机厂，她心中充满了骄傲和自豪。

如今，侯晓英并未停下脚步，在她的心中永远有一道光，在指引着她前进，前进，再前进！

烈火英雄徐鹏龙

临沂凤城实验小学　徐敏辉

青山有幸埋忠骨,哀思无尽悼英雄。2019年4月5日,在四川凉山森林大火中英勇牺牲的4位临沂籍消防烈士魂归故里。当灵车缓缓驶过,前来送别的市民们高喊着:"英雄一路走好!"

这4位烈士中,年纪最小的是徐鹏龙,他牺牲时年仅19岁。2017年夏天,村里动员征兵,徐鹏龙一听到消息就兴奋地跟家人说:"我早就想当兵了,我眼睛不近视,一定能选上!"经过多轮选拔,徐鹏龙如愿以偿。同年9月,他成为西昌森林消防大队的一名消防员。在部队里,他勤奋刻苦,自我要求极高。每次拉练,别人跑三圈,他坚持跑五圈;投弹成绩不理想,他就一筐一筐地练习;有时候训练到胳膊都肿了,他还要继续坚持。他一直以最高标准要求自己,立志要加入中国共产党,为国为民贡献自己的力量。入伍后,他始终坚守岗位,未曾休假回家。

2019年3月30日下午,四川省凉山州木里县突发森林火灾,四川森林消防总队凉山支队西昌大队迅速组织消防员奔赴一线。3月31日,徐鹏龙和战友们克服重重困难,深入海拔3700余米的火场腹地,与熊熊大火展开了殊死搏斗。明火被扑灭后,徐鹏龙等27名消防员和3名当地扑火人员向山谷中的两个烟点迂回接近,这时突遇山火爆燃,包括徐鹏龙在内的30名救火英雄不幸牺牲。

噩耗传来,徐鹏龙的父母不敢相信,觉得天都要塌了。父亲瘫坐在地上,一遍一遍地拨打儿子的手机,得到的回复永远都是无法接通。两位老人再也绷不住了,抱头痛哭。第二天,天还没亮,他们就乘坐最早的航班到达四川。他们悲痛欲绝,却也深知儿子是为人民、为国家献出了宝贵的生命。他们强忍悲痛,将儿子的骨灰带回了家乡。4月5日,当英雄归来的消息传开,市民们自发聚集,手持白花,为英雄送行,场面感人至深。

习近平总书记曾指出:"一个有希望的民族不能没有英雄,一个有前途的国家不能没有先锋。"徐鹏龙等人面对烈火与死亡毫无畏惧,用血肉之躯为人民群众筑起了一道坚不可摧的屏障。他们是真正的英雄,向火而行、英勇牺牲的救火英雄们。

大漠里的"虾司令"

中共日照市委宣传部　王方颖

新疆喀什地区麦盖提县的沙漠腹地，曾经黄沙漫天，是一片荒芜之地，而如今，这里生机盎然，一派生机勃勃的景象。波光粼粼、清澈见底的龙虾养殖池，如同明珠般点缀在南疆荒漠之中。

山东省第十批援疆干部、2023年山东省"最美公务员"臧运东在这一奇迹的创造中起到了关键作用。

2020年3月，时任日照市岚山区岚山头街道党工委的臧运东被选派为喀什地区麦盖提县吐曼塔勒乡的党委委员、副乡长。初到任时，他对全乡进行了深入的摸底调研。他发现这里紧邻叶尔羌河，拥有11座小型塘坝和13.4平方千米的湿地千岛湖，但荒滩处于闲置状态。作为一名在沿海地区长大、对渔业生产非常熟悉的干部，臧运东深感可惜。他决心在这里开展水产品养殖项目。

说干就干，臧运东开始了近一年的水质、水温监测工作，并对各类水产品种进行了评估筛选。2020年底，在日照援疆指挥部的大力支持下，依托日照职业技术学院水产系专业团队的技术力量，臧运东在吐曼塔勒乡启动了澳洲淡水龙虾的试验养殖项目——"东虾西移"。

2021年4月，春寒料峭，虾塘建设正式启动。臧运东身先士卒，每天扎在工地上，从进水、排水到管道铺设，每一道工序，每一个细节都亲自督导把关，确保工程质量。

解决了引水蓄池问题后，虾苗运输又成了新的难题。从广州空运来的虾苗必须及时入塘，否则存活率将大大降低。臧运东想方设法，确保虾苗在最短的时间内安全入塘。

在艰苦的生活环境中，由于长期不规律的作息和高强度的工作，臧运东患上了胃炎，体重陡然下降20多斤。他不顾自己的健康问题，依然把全部心思投入龙虾养殖之中。

功夫不负有心人。历经6个月的艰辛探索，2021年10月，"东虾西移"龙虾试养项目大获成功。这一项目填补了南疆沙漠养殖澳洲龙虾的空白。

为了进一步推广龙虾养殖技术，臧运东建设了100亩标准化澳洲龙虾养殖示范基地，并会同水产专家举办了12期培训班，培训了480名致富带头人。他还组织人员编写了双语版的《澳洲淡水龙虾养殖技术手册》。

随着龙虾养殖技术的不断推广和市场的不断扩大，麦盖提县的各族群众纷纷加入龙虾养殖的行列。截至2023年，全县已形成5处规模化养殖基地、8处养殖点、500亩养殖面积、50万尾的养殖规模，澳洲龙虾在南疆的养殖产业逐渐成型。

三年援疆路，一生援疆情。臧运东的执着与奉献，为南疆的荒漠带来了勃勃生机。

稳粮安天下　青春好担当

时传祥纪念馆　才丽娜　王志刚

2021年，德州率先在全国范围内提出"吨半粮"生产能力建设目标，即旨在实现一年两季粮食亩产总量达到一吨半，即1500千克。具体说，小麦亩产650千克以上、玉米亩产850千克以上。

在德州广袤的田野上，活跃着一支充满朝气和活力的队伍——德州市"吨半粮"产能建设技术服务队。自"吨半粮"生产能力建设启动以来，这支队伍肩负着将科技成果转化为农业生产力的重任。

作为农技人员，田间地头就是他们的主战场。到了产量形成的关键时期，为了全面掌握全市小麦生产情况，准确获得粮食单产的第一手资料，他们频繁踏入麦田，实地调查作物生长情况。他们还经常和老乡们聊家常，传授种植技巧，解答疑难问题。遇到有问题的农户，或者发现庄稼长势有问题，都会当场对农户进行科学指导，指导他们做好肥水管理、科学防治病虫草害，以确保粮食丰产丰收。

面对自然灾害的挑战，技术服务队展现出非凡的韧性和决心。2021年秋天，德州市遭遇1951年以来的最大秋汛，导致小麦播种期普遍较往年推迟15—20天。团队负责人郑光辉说："今年秋种，是德州'吨半粮'产能创建首年，也是粮农最困难的时候。再难，也要挺过这一关，守住粮食生产安全底线！"

关键时刻，技术服务队挺身而出，所有人员分赴各县市区开展实地培训和指导，传授晚播麦稳产、高产的技术要领。这大大增强了农户信心，确保了小麦生产的顺利进行。

2022年4月10日，我省首次发现小麦条锈病后，团队便马上行动起来，印发《小麦条锈病发生警报》，组织专家和农技人员分片包干，到田间实地调查指导，逐村逐地块进行排查和指导，严格落实小麦条锈病"零报告""日报告"制度。同时，大力加强对各县市区"一喷三防"工作的全程监督和技术指导，抓实飞防工作各环节的落实，为夏粮丰收提供技术保障。

德州市"吨半粮"产能建设技术服务队以实际行动诠释了责任与担当的含义，赢得了广大农户的广泛认可和信赖，成为他们的知心人和坚实后盾。

展望未来，稳粮安天下的使命依然艰巨而光荣。德州市"吨半粮"产能建设服务队将继续秉持初心和使命，以更加饱满的热情和更加坚定的步伐前行在保障国家粮食安全的征途上。

走上"代表通道"的纺织女工王晓菲

陵城区新时代文明实践中心　王真真

　　她是一名纺织女工，也是第十三届全国人民代表大会第五次会议"代表通道"上分享履职经历、传递基层声音的全国人大代表——王晓菲。

　　在山东德州仁和恒丰纺织集团有限公司的细纱车间里，王晓菲开启了她的"工匠梦"。2003年，18岁的王晓菲从纺织技校毕业后成为一名纺织女工。她所从事的细纱挡车工劳动强度大、工作内容单调，是纺织行业最苦最累的岗位之一。那时的王晓菲，每次上完夜班都会累得头晕恶心，吃不下饭。面对日复一日高强度的单调工作，她曾一度想要放弃。父母给她讲了老纺织工人黄宝妹、郝建秀的故事，鼓励她攻坚克难、挑战自己。再看看身边的同事们在岗位上努力工作的样子，王晓菲决定坚持下来。她开始思考如何能够改变细纱的纺织方法，以便更省时、省力且高质量地完成订单。

　　2007年，公司改进罗卡斯紧密纺技术。面对新的纺纱设备，王晓菲和同事们反复试验与研究，历经两个多月，成功总结出"紧密纺绕皮辊斜接头操作法"。这一创新改变了传统纺纱方式，不仅降低了劳动强度，还显著提升了生产效率。新操作法实施后，车间每班用工减少，产量大增，纱线断头率也大幅度降低。这让王晓菲首次深刻体会到创新的力量。

此后，王晓菲在创新的道路上越走越远。她领衔创新的五个操作法在全国纺织产业论坛上得到展示，并被推广。同时，她也在各类技能竞赛中屡获佳绩，荣获全国棉纺织行业竞赛冠军等，被授予全国劳动模范等称号。

近20年的车间一线工作经历让王晓菲深刻地认识到，工匠精神既存在于"高、精、尖"的产业和领域，也存在于普通的车间。作为第十三届全国人大代表，王晓菲积极履行职责，提交的"加快完善企业技能人才自主评价"建议，成功帮助上千人解决了技能等级认定问题。

2019年，公司成立了王晓菲技能大师工作室。她开始从事技能培训工作。她把自己掌握的所有技能和经验，毫无保留地传授给新员工，助力他们成长。学员们珍惜机会，认真学习，有些学员荣获省劳模或首席技师等称号。

作为新时代的纺织女工，王晓菲和她的同事们是手舞银丝织彩梦的"经纬构造者"，坚守岗位，传承"工匠精神"，用创新和努力抒写新时代中国纺织业的辉煌篇章。

余生与你一起许国

齐河县烈士陵园　徐晓腾

2022年7月16日，孟诗妍收到了中国人民解放军战略支援部队信息工程大学的录取通知书。这所大学是她父亲孟祥斌生前就读过的地方。

孟祥斌，1979年出生于山东省德州市齐河县刘桥乡的一个农民家庭。1993年高中毕业后，他毅然投身军旅。经组织推荐，他考入了中国人民解放军信息工程大学兰州分院，后光荣地加入了中国共产党。

2007年11月29日，当时已是连级干部的孟祥斌接到通知，得到了长达一个月的探亲假期。孟祥斌的妻子叶庆华带着女儿从山东老家赶到浙江金华孟祥斌所在的部队。11月30日，一家人早早地起床，穿戴整齐，打算去商场给女儿买一双红色皮鞋。一家人走到通济桥的时候，孟祥斌忽然发现有女子跳水轻生。危急时刻，他毫不犹豫地从10多米高的桥上跃入冰冷的水中，并用尽全身力气将女子救起。28岁的他却因此献出了生命。

作为军嫂,叶庆华理解丈夫的做法;作为妻子,她无法接受这样的结果,一时跌入了痛苦的深渊。

孟祥斌生前最后一个愿望,是给女儿买一双红色皮鞋。这一愿望在他离世后,由无数好心人接力完成,他们给孟诗研送来了足以伴随她成长的许多双红皮鞋。这是爱的传承。

国家为了抚恤烈士遗孀,为叶庆华提供了入伍的机会,并将孟诗妍安排到部队学校就读。面对这份厚爱,叶庆华做出了一个坚定的决定:"卿已许国,吾将用余生与君一起许国。"10余年来,她悉心照料女儿,还辗转多地,为上百名烈士找到了失散多年的亲人。

浙江金华有一座合葬的烈士墓,但多年来从不见亲属祭扫。叶庆华决定帮助烈士们找到亲属。张善清烈士的墓碑上仅刻有12字:"原籍山东省历阳县张家庄人。"仅凭寥寥几个字,如何寻找?叶庆华通过多方求助和不懈努力,最终找到了远在山东济南的张善清烈士的儿子刘全林。75岁的刘全林头发花白,他从未想过有生之年还能找到父亲的下落。刘全林带全家人前往金华祭扫,他跪在父亲的墓碑前,老泪纵横,"爸,俺一家子来看您了。"

同样等待70多年的,还有聊城市莘县十里坑村的贾爱臣老人。75年前,贾爱臣的丈夫李广武响应党的号召报名参军,走时只留下一句话:"带着孩子好好过。"战争结束后,村里当兵的人陆续回来了。贾爱臣等来的却是丈夫的一纸烈士证明。她独自一人将女儿养大。李广武没有留下一张照片,这成为老人多年的遗憾。贾爱臣老人最大的愿望,就是有一张她与丈夫的合照。同样身为烈士的妻子,叶庆华深知"有个念想"对于烈属是多么重要!她不想老人带着遗憾离去,立即与画家联系,几经修改,贾爱臣与丈夫年轻时的画像终于绘制出来,实现了老人的愿望。

迄今为止，叶庆华已经成功为上百名烈士寻亲、画像。她说："我是一名烈士的妻子，烈属的心情我最明白。我要让自己的每一天，都活得像孟祥斌，让烈士的光温暖世界，即使他们已经离开，但依然可以绽放生命的光彩。"

"英雄之花"盛开在人民心中

济南历下城市发展集团有限公司　解冰心

在济南，有这样一位杰出的女性。她以生命践行医者誓言，将一生都奉献给了医疗事业，她说："作为医生，我愿意以我所学，尽我全力，用心守护患者健康。"她就是山东省支援威海临床医学检验专家白晓卉。

2022年3月9日凌晨，白晓卉带队支援威海。她带领4个工作小组，全力投入繁重的核酸检测任务当中。不幸的是，就在到达威海后的第11天，白晓卉牺牲在抗疫一线，用生命诠释了共产党人对人民的担当。

在百姓的心中，白晓卉是辗转多个疫情防控战场的人民卫士；在同事们眼中，她是精力充沛、勇于担当的领头人；在学生们眼中，她是关爱备至、严谨治学的恩师；在孩子的心中，她是那个忙碌却总尽力陪伴自己的好妈妈。作为医生，白晓卉选择站在抗疫一线，用坚守和担当，守护万家平安。她的生命虽短暂，却有深度。她的女儿在作文《我的妈妈是天使》中写道："我为妈妈感到自豪，妈妈是白衣天使，和许许多多的医生一样，是真正的天使。"

白晓卉虽然没有和新冠肺炎患者面对面，却一直在与病毒正面交锋。她挑起重担、冲锋在前。白晓卉曾告诉记者，每次检测工作都要持续数小时，其间他们不喝水、不吃饭、不上厕所，加上防护服厚重封闭，一轮实验下来，往往汗水浸湿了衣服，脸上布满了护目镜的压痕。重任在肩，她无怨无悔，全力保障样本检测准确无误。

她的学生说，白老师就像一只勤劳的小蜜蜂，每天都干劲满满，仿佛永远不知疲倦。自新冠疫情暴发以来，白晓卉带领省立医院临床医学检验部的检验医师们辗转于全国防控一线战场，夜以继日、不辞辛苦，为当地疫情检测提供了有力的技术支撑，创造了核酸检测的"山东速度"。

作为一名青年医生，她从医10余年，在临床、科研和教学各项工作中都取得斐然成就，培养了一批又一批的青年才俊。她深耕遗传病、肿瘤、感染性疾病等领域进行分子基因层面诊断，承担国家自然科学基金面上项目两项、中国博士后科学基金特别资助项目1项，发表SCI论文50余篇。她凭着精湛的医术、丰硕的科研成果赢得了学生的敬爱、同事的认可、患者的赞誉。2020年，她被授予"山东省抗击新冠肺炎疫情先进个人"称号，获评泰山学者青年专家。2021年，她当选"齐鲁最美职工"。

2022年3月22日，在济南市殡仪馆，人们手捧鲜花，神情凝重，默默送别这位伟大的白衣天使。白晓卉走了，但她那"为人民利益而死，就比泰山还重"的精神，犹如一座灯塔，指引着千千万万的优秀齐鲁儿女，守护着这片土地上人民的幸福与健康！

白晓卉这朵"英雄之花"将永远绽放在春风里，绽放在齐鲁大地，永不凋零！

英雄郑福浩

聊城市东阿县姜楼镇中心小学　刁玉娟

2022年3月16日，细雨绵绵，东阿县的街头弥漫着沉重的气息。东阿交警铁骑以最高礼节护送着一辆缓缓前行的大巴车，在车前摆放着一张黑白照片，照片中身穿军装的帅气小伙子，面带微笑，注视着前方。道路两旁站满自发前来送行的群众，他们手捧菊花，默默地注视着缓缓行驶而来的车辆，场面庄严而肃穆。

人群中传来了撕心裂肺的哭喊声，那是小伙子的母亲，边哭边蹒跚着扑向一位双手捧着骨灰盒的军人。她一边靠近一边喊着"你让我抱一下，让我抱一下，抱一下。"她差点跌倒，来不及站稳，就急切地用颤巍巍的手，轻轻抚摸着那鲜红党旗下的骨灰盒。那一天，人们的心情就如那阴沉沉的天空，沉闷而压抑，悲伤而痛惜。

这位军人，就是郑福浩，1992年10月出生，2015年6月入伍，是中国人民解放军某部队飞行员，海军上尉军衔。2022年3月1日，他在执行试飞新型战机的任务中不幸壮烈牺牲。飞机失事的危急关头，郑福浩本有机会弹射逃生,但为了保护百姓的生命安全,他毅然选择了坚守岗位,直至错失了最后的跳伞机会。这一英勇壮举不仅彰显了中国军人的无畏与担当,深深触动了每个人。

英雄不朽,浩气长存。人们从未忘记,那一位位把生命留在祖国蓝天的卫士。2001年,王伟驾驶的81192号战机也没有返航;2010年,冯思广驾驶的飞机发生故障。为避免飞机坠落在人口稠密地区,他果断改变飞行轨迹,错过跳伞的最佳时机,牺牲时年仅28岁;2016年,"金孔雀"余旭,中国首位歼-10女飞行员,在飞行训练中发生事故,牺牲时年仅30岁。这些英雄的事迹和精神,如同璀璨的星辰,照亮了我们前行的道路,激励着我们为实现中华民族的伟大复兴而努力奋斗。

今天,我们不仅要缅怀英雄,更要传承和发扬他们的精神。不忘初心,砥砺前行,为实现强国梦、强军梦贡献自己的力量!

附件一

"红动齐鲁·强国复兴有我"山东省第四届红色故事讲解大赛评比结果名单

一、金牌讲解员（31名）

1. 专业金牌讲解员（10名）

魏 龙　宋钰瑶　王 鑫　范 峰　刘 路　李 梅
丁 千　高天天　曹楠楠　杨丽君

2. 志愿金牌讲解员（11名）（因第10名、第11名选手复评得分和终评得分综合计算后得分一致，故增加一个志愿金牌讲解员名额，名次并列）

安芸璐　丁小程　谭亦栋　赵 月　赵胜梅　陈 博
韩馥璐　史晓蒙　刘宇涵　尚凤梅　冯英爽

3. 小小金牌讲解员（10名）

刘明熙　顾轩乙　高艺青　葛 瑶　刘姿辰　邹雨萱
李泽源　刘书洋　王晨晓　牛子陌

二、优秀讲解员（30名）

1. 专业优秀讲解员（10名）

杨子墨　宋珑君　陈俊晓　王 群　彭 媛　丛金玲

马　华　李　峰　刘雅琨　徐　欣

2. 志愿优秀讲解员（10名）

仇舒婕　韩　松　李钦君　姬　涛　杜晓辉　杜辉煌

郭　飞　沙国帅　方　慧　侯　博

3. 小小优秀讲解员（10名）

刘航瑞　徐法蒂拉　董纯溪　王欣怡　刘佳依

陈怡霏　崔欣怡　苏子晰　李诗涵　刘珺然

三、优秀红色故事（30个）

《第一碗饺子祭英烈——朱村年俗》

《刘氏婴儿》

《活着的"烈士"》

《直插敌人心脏的"尖刀"——许德臣烈士的故事》

《一句生死盟约　一生真情守护》

《青山埋忠骨　世代守墓情》

《贝草夼的地下工作者》

《"铜钱"中映射的鱼水深情》

《余生与你一起许国》

《青岛早期工运领袖伦克忠》

《誓死坚守革命气节》

《小镇里出了个"大国工匠"》

《抗日英雄李青云》

《父子三杆枪》

《党群同心创奇迹　三天建成军用大桥》

《村里来了一群奇怪的"兵"》

《峥嵘岁月藏战功　忠诚一生守初心》

《孤胆英雄程九龄》

《一位老人的红色情怀》

《一生为民》

《失忆也忘不了唱红色歌曲》

《王排长骂阵斗敌顽》

《孤胆英雄孔祥坦》

《清澈的爱　连着边疆和沂蒙》

《毛岸英在阳信的日子》

《将军泪》

《火种》

《走上"代表通道"的纺织女工王晓菲》

《硝烟里的红色电波》

《我是一颗子弹》

四、优秀组织单位（10个）

中共济南市委宣传部	中共青岛市委宣传部
中共烟台市委宣传部	中共潍坊市委宣传部
中共威海市委宣传部	中共临沂市委宣传部
中共德州市委宣传部	中共聊城市委宣传部
中共滨州市委宣传部	中共菏泽市委宣传部

附件二

"红动齐鲁·团结奋斗新征程"山东省第五届红色故事讲解大赛评比结果名单

一、金牌讲解员（30名）

1. 专业金牌讲解员（10名）

王　晴　刘茜茜　李超超　陈梦圆　孙宁文

李　萌　谭　蕾　冯盛琨　金昇华　孙鸣晓

2. 志愿金牌讲解员（10名）

郭伊佳　王　宁　董培培　刘　琦　王乐川

迟新宇　修康华　徐方圆　邹林津　原岁颖

3. 小小金牌讲解员（10名）

王彦博　王晗曲　国珂语　张艺琪　李嘉艺

迟　堂　尹泽琛　董冠初　马晟婷　沙林怡辰

二、优秀讲解员（30名）

1. 专业优秀讲解员（10名）

李大玮　徐晓滕　张雅萍　张晓悦　何梦栩

韩云凤　孙　民　秦馥立　高　倩　刘桐伸

2. 志愿优秀讲解员（10名）

　　王　智　张海颖　赵　辉　李　鑫　王娴娴

　　张　曦　马　勇　李　杰　张方方　范业楠

3. 小小优秀讲解员（10名）

　　张铭芮　言姝瑾　黄馨逸　孙瑞希　龚子涵

　　孟凡清　张欣悦　林玉馨　彭　惠　张敏浩

三、优秀红色故事（30个）

《"非洲先生"刘贵今》

《凡人微光　星火成炬》

《"英雄之花"盛开在人民心中》

《绽放在科研一线的铿锵玫瑰》

《河东乡间的"袁隆平"》

《46把钥匙的故事》

《青山埋忠骨　山河念英魂》

《永不忘却的战友》

《一句承诺延续17年送学路》

《大河之洲的生态守护者》

《"板报爷爷"的初心和情怀》

《忠烈风行远　红飘带传长》

《追思——那永不坠落的星火》

《钢铁的"追光者"》

《铭记烽火岁月　传承革命精神》

《我是一颗纽扣》

《吴守林的操心事》

《稳粮安天下　青春好担当》

《老兵不老　军魂永驻》

《一位老兵的峥嵘岁月》

《烈火英雄徐鹏龙》

《于荒岛之中播种希望》

《大漠里的"虾司令"》

《青春之花绽放在帕米尔高原上》

《矢志空天铸重器》

《16名伤病员的"亲娘"》

《我回家乡当书记》

《隐功埋名的老班长——吴书印》

《英雄郑福浩》

《一件带血的毛衣背后的感动》

四、优秀组织单位（10个）

中共济南市委宣传部　　中共青岛市委宣传部

中共淄博市委宣传部　　中共东营市委宣传部

中共泰安市委宣传部　　中共日照市委宣传部

中共临沂市委宣传部　　中共德州市委宣传部

山东省文化和旅游厅　　山东省国资委

五、最佳网络人气奖（3个）

崔　璐　郭伊佳　国珂语

后 记

山东省委宣传部对"红动齐鲁"山东省红色故事讲解大赛有关工作非常重视，部务会会议专门对其进行研究审议。为更好呈现"红动齐鲁"山东省红色故事讲解大赛的有关成果，山东省委宣传部、山东广播电视台的有关同志进行了认真把关，原宝国、李献刚、赵国伟、陈曦等同志对本书编写付出了艰辛劳动；山东友谊出版社李丹、于淑霞两位编辑对本书出版付出大量心血；在本书编写过程中，山东省委网信办、山东省委党史研究院（山东省地方史志研究院）、大众报业集团（大众日报社）、山东省教育厅（省委教育工委）、山东省文化和旅游厅、山东省国资委等部门和单位高度重视，给予大力支持；图书成稿前，各地党史研究部门和"红动齐鲁"山东省红色故事讲解大赛评委会专家对故事内容再次进行了认真审读把关，在此一并表示感谢。限于编写水平，书中不足之处，诚请广大读者批评指正。

《山东红色故事荟》编写组

2024年10月